KB124779

밤이여 오라

제9회
제주4·3평화문학상
수상작

밤이여 오라

이성아 장편소설

은행나무

차례

밤이 깊어갈수록

우리는 누군가를 불러야 한다

우리가 그 이름을 부르지 않았을 때

잠시라도 잊었을 때

채찍 아래서 우리를 부르는 뜨거운 소리를 듣는다

— 이시영 〈이름〉 중에서

프롤로그

하얀 성전

여긴 왜 아무것도 없지?

육중한 나무문을 밀고 안으로 들어갔는데, 문을 열고 밖으로 나온 것 같았다. 눈앞에 설원이 펼쳐진 듯했다. 서늘한 기운이 등골을 훑어내렸다. 지난 며칠 동안의 잔상 탓인지 몰랐다. 유대지구에 흩어져 있는 시나고그*들은 황금색 장식이 지나치게 화려하고 무거웠다.

핀카스 시나고그는 텅 비어 있었다. 본당 중앙의 제대 외에는 아무것도 없었다. 사방 벽은 아무것도 쓰이지 않은 빈 공책처럼 하얬다. 마치 눈밭에 서 있는 기분이었다. 가까이 다가가서야 깨알같이 작은 글씨들이 벽면을 빼곡하게 채우고 있는 걸 알았다. 마치 성경책으로 도배를 해놓은 듯했다. 글씨는 흘러넘치듯 본당뿐 아니라 긴 복도까지 이어졌다.

* 시나고그(Synagogue), 유대인 예배당.

그건 이름이었다.

나치에 희생당한 체코와 모라비아 유대인 8만 명의 이름이었다. 생몰연대를 보고서야 나는 그게 이름이란 걸 깨달았다. 태어난 해는 제각각이었으나 사망한 해는 모두 1940년대 초였다. 마치 그해에 거대한 작두가 나타나 싹둑 잘라내기라도 한 듯이.

오싹한 한기에 나는 옷깃을 여몄다. 하루 종일 찬바람이 불어대는 성벽과 블타바강변을 거닐었던 탓만은 아니었다. 난생처음 와본 곳에서 익숙한 무엇을 만나는 것은 마치 자신의 뒤통수를 보는 것처럼 기괴했다. 핀카스 시나고그는 텅 빈 것처럼 보이지만, 그 어느 곳보다 가득 찬 곳이었다. 흐느낌과 원한이 쌓여 넘쳐 흐르고 있었다.

성전 뒤뜰은 묘지였다. 매장 전통이 있는 유대인들에게 묘지 터를 내주지 않아서 지하 3층 혹은 지하 10층에 이르기까지 파묻었다는 묘지의 비석들은 반쯤 쓰러지거나 엎어진 채 양탄자처럼 두꺼운 초록색 이끼로 덮여 있었다.

카프카는 이곳에 없었다. 그는 훗날 시 외곽에 조성된 유대인 묘지에 묻혔다.

아버지의 가게 네 개와 20년 동안 이사 다닌 집, 카프카가 다녔던 독일 고등학교와 졸업 후 근무했던 법원 건물까지 다 합쳐서 연결해도 구시가 광장을 벗어나지 않았다. '나의 삶은

이 원 안에 갇혀 있다'고 카프카는 토로했다. 그는 평생 이곳에서 벗어나기를 갈망했으나 죽은 후에야 떠날 수 있었다.

어떤 사람을 이해하고자 한다면 그가 존재했던 시대와 장소를 이해해야 한다는 의미일까. 구시가 광장과 K가 끝내 들어가지 못했던 프라하 '성', 그리고 카프카가 아버지의 집을 나와 잠시나마 혼자만의 작업공간으로 사용했던 연금술사 골목 22번지를 돌면서, 나는 난해하게 꼬여 있는 듯하던 카프카 작품의 실마리를 하나쯤 붙잡은 것 같았다.

실마리를 더듬으며 연금술사 골목을 빠져나와 강변으로 내려가는 길에 나는 카프카와 맞닥뜨렸다. 그는 자신의 이름을 딴 뮤지엄 앞에 실물 크기의 실크스크린으로 프린트되어 서 있었다. 마치 무덤에서 불려나와 다시 원 안에 갇혀 있는 카프카를 보는 듯 난감한 조우였다. 어쩐지 민망해진 나는 선뜻 뮤지엄으로 들어가지 못했다. 더욱 민망한 건 마당 한가운데 있는 청동상이었다. 마주 보고 선 나체의 두 남자가 성기를 붙잡고 오줌을 누는 형상이었다. 엉덩이 부분을 절개해서 회전장치를 해놓은 탓에 오줌을 '눈다'기보다는 '갈긴다'라는 표현이 더 적확했다. 오줌 누는 동상과 카프카 뮤지엄이 어떤 연관이 있는지는 알 수 없었지만, 관광객들의 흥미를 불러일으키는 데는 성공하고 있었다.

생경한 동상을 바라보던 나는, 언젠가 내가 번역한 카프카 연구서의 한 대목을 떠올렸다. 카프카가 〈단식광대〉와 〈어느 학술원에의 보고〉를 쓸 무렵, 유럽의 문화적 배경에 대한 내용이었다.

이 무렵, 유럽은 아프리카에서 동물들을 포획해와 전시하는 게 센세이셔널한 이벤트였다. 카프카의 〈어느 학술원에의 보고〉에 등장하는 원숭이 빨간 페터가 포획당해 실려온 배는 함부르크에서 동물원을 운영하던 하겐벡의 증기선이었다. 하겐벡은 자신의 동물원이 창살 없이 열려 있는, 전시 대상에게 친화적인 환경의 진보적인 동물원이라고 광고했다. 그는 동물만 전시한 게 아니었다. 1875년 하겐벡은 랩랜드인과 마사이족, 이누이트족, 누비아인, 에스키모, 소말리아인, 에티오피아인, 베두인 등 비문명권의 소수인종도 전시했다. 전시는 상업적으로 대성공을 거두었다. '야만인'을 수집 포획하여 보여주는 전시회 규모는 해를 거듭할수록 더욱 커지고 화려해졌다. 단식을 하며 하루하루 말라가는 광대를 보려고 돈을 지불하고, 사람들이 몰려드는 바람에 예약사태까지 벌어지는 〈단식광대〉도 실화를 소재로 한 작품이었다.

야만적인 전시회를 금지한 것은, 아이러니하게도 나치 정권이었다.

이유는, '인종이 오염될 소지가 있으므로'였다.

카프카는 문명과 야만이 뒤범벅되어 닥쳐올 비극을 예견

10

했던 걸까. 카프카에게 연금술사 골목의 작업실을 빌려주었던 막내 오틀라, 그리고 발리와 엘리까지 세 누이 모두 강제수용소로 끌려갔다. 그리고 모두 돌아오지 못했다.

이런 꼴을 보지 않은 카프카의 죽음은 차라리 행복한 것이었다고, 나는 생각했다.

태초부터 종말까지

긴 회랑을 걷는 우리는

우리의 멸망을 다시 시작하는 중이다.

길 위의 연인들

|

자그레브

자그레브행 버스는 오전 일곱 시에 출발했다. 부다페스트의 반지하 버스터미널을 벗어나자 동쪽 하늘이 붉게 물들어 있었고 서쪽 하늘에는 보름달이 하얗게 떠 있었다. 버스는 밤과 낮, 그 사이를 달렸다.

2015년의 가을, 한국에서 자그레브까지는 직항노선이 없었다. 나는 프라하를 경유하는 비행기를 타는 대신 프라하에서 내려 자그레브까지 버스와 기차를 갈아타며 여행을 했다. 나는 독일 마르부르크에서 유학생활을 했지만, 그곳을 벗어나본 적은 한 번도 없었다. 유학생활이 언제 끝날지 몰랐으므로 마음만 먹으면 어디든지 갈 수 있을 거라고 생각했다. 사실은 그대로 눌러앉을 궁리에 골몰했다. 간신히 벗어난 한국으로 다시 돌아갈 마음은 조금도 없었다. 유학기간은 곧 돈이었으므로 무엇보다 다급한 목표는 학위를 빨리 끝내는 거였다. 그것을 비웃듯 잠깐 다니러 간 한국에서 발목이 잡히고 말았다. 유학생활은 2년도 채우지 못하고 끝이 났다. 이후로 유럽 쪽은 쳐다보지 않았다. 그게 20년 전의 일이었다.

인터넷 블로그에 포스팅된 프라하와 부다페스트는 낭만이 넘쳤다. 그러나 막상 그곳에 서자 낭만은 온데간데없고 피가 뚝뚝 떨어지는 것 같았다. 카를교에서는 버스커들의 연주 소리가 끊이지 않았고 블타바강의 야경은 화려했으나, 내게는 이 도시의 한숨과 비애, 비명과 눈물이 먼저 보였다. 공포와 고통에 짓눌린 이들의 그림자가 어른거렸고 신음 소리가 들렸다. 커피를 마시고 책을 읽다가 문득 고개를 들면, 프라하 거리에서 울고 다니는 여자*들이 보였다. 그들은 사람들의 시선을 피해 골목 끝으로 휙 사라지거나 등을 돌린 채 흐느끼고 있었다.

헛것을 보는 걸까.

칩거가 길었다. 그래서 거리감을 상실한 건지 모른다고, 스스로를 다독였으나 소용없었다. 세상은 그대로인 것 같았다. 오히려 퇴보한 것 같아 우울했다. 그럴 때는 누군가의 무심한 손길조차 위로가 되는가. 때로는 그게 버스 앞 유리창에 붙어 있는 행선지 표지판일 수도 있을까. 기호에 불과한 알파벳, 'ZAGREB'가 온기라도 머금고 있는 것 같았다.

발음을 교정해주던 마르코의 표정이 떠올랐다. 마르코는 내가 ZAGREB의 Z를 G로 발음한다면서, 내 입에서 제대로 된

---

* 실비 제르맹의 소설 제목.

Z 발음이 나올 때까지 입술을 양옆으로 죽 잡아당기며, 'Z', 'Z' 거렸다. 나는 'Z'로 발음한다고 했지만 마르코에게는 여전히 'G'로 들렸나보다. 마르코는 그걸 통과하지 못하면 자그레브에 들어갈 수 없다는 듯 집요하게 교정하려고 들었다. 나중에는 둘 다 이빨을 드러내고 'Z', 'G', 'Z', 'G' 거리며 오기를 부리듯 장난을 쳤다.

고속도로를 달리던 버스가 멈춰선 건 자그레브까지 약 한 시간 정도의 거리를 남겨두고서였다. 국경검문소였다. 승객 모두 버스에서 내려서 개별적으로 입국심사를 받아야 했다. 프라하에서 크라쿠프, 부다페스트를 거쳐 오는 동안 이렇게 꼼꼼하게 검사한 적은 한 번도 없었다. 그건 거대한 난민들의 흐름과 가깝다는 의미였다.

나는 그들과 마주칠 뻔한 적도 있었다. 부다페스트를 떠나기 하루 전날이었다. 새벽부터 두통과 미열이 있었다. 좋지 않은 신호였다. 실명을 경고한 의사는 내게 장거리 여행은 추천하고 싶지 않다고 충고했었다. 낯선 도시의 왕궁들과 박물관, 수많은 시나고그와 유대인 묘지를 돌아다닌 나는 신물이 올라올 것 같았다. 그날만큼은 아무것도 하고 싶지 않았다. 느지막이 일어나 호스텔 인근 식당에서 뜨끈한 굴라쉬 수프를 먹고 노트북 앞에 앉았다.

포털사이트에 사진 한 장이 올라와 있었다. 한 쌍의 연인이 키스를 하는 장면이었다. 그들 주변의 모든 것을 무화시키는 키스였다. 아니, 그들을 둘러싸고 있는 그것들로 인해 연인의 키스는 더욱 뜨거워 보였다. 그들을 둘러싸고 있는 것은 텐트의 물결이었다. 비죽비죽 솟아 있는 텐트가 마치 먼 바다의 거친 파도처럼 보였다. 텐트는 바캉스용이 아닌, 난민용이었다. 그들이 텐트를 치고 있는 곳은 부다페스트 켈레티 역 광장이었다. 헝가리 정부에서 기차를 내주지 않아 며칠째 노숙하고 있다는 소식이었다.

켈레티 역은 호스텔에서 지하철로 서너 정거장 거리였다. 나는 세수도 하지 않은 채 옷만 갈아입고 역으로 향했다. 역 광장은 말끔했다. 난민들은 애초에 그곳에 온 적도 없는 것 같았다. 높고 거대한 투명 돔 천장을 이고 있는 플랫폼에서 캐리어를 끌고 다니는 여행자들, 커피숍과 식당에서 커피를 마시며 신문을 보거나 식사를 하는 사람들 표정에서는 바람 한 점의 동요도 읽을 수 없었다.

그들은 어디로 갔을까? 원하는 기차를 타고 원하는 곳을 향해 떠난 것일까? 나는 역 주변을 이리저리 돌아다니며 기웃거렸다. 왜 그토록 그들을 보고자 했는지, 스스로도 이해할 수 없었다. 나는 가쁜 숨을 몰아쉬며 허탈한 가슴을 진정시켰다.

국경검문소의 관리가 내 여권에 스탬프를 쾅, 찍었다.

"안년하셰요. 나는 마르코 라디치임니다."

나를 보자, 마르코는 어설픈 한국어로 인사를 했다. 잔뜩 긴장하고 있던 나는 웃음을 터뜨렸다. 톈진에서 열리는 중국번역문학원 포럼에 마르코가 나를 동반 초청하고 싶다는 메일을 보내왔을 때, 나는 혼잣말로 중얼거렸다. 왜?

번역작품과 관련해서 비슷한 제안을 받은 일이 몇 번 있었지만, 이런저런 평계로 전부 거절했다. 그런데 이번엔 선뜻 그렇게 되지 않았다. 보통은 출판사 쪽에서 의사를 타진하게 마련인데 원작자가 직접 메일을 보낸 게 마음에 걸렸다. 한국인 번역자를 꼭 만나고 싶으니 부디 거절하지 말아달라는 추신이 살랑 부는 봄바람처럼 머리카락을 건드렸다.

"한나. 한국말 책, 전말로 고맙습니다."

마르코는 내 어깨를 붙잡고 양 볼에 비쥬 인사를 하더니, 가볍게 입술을 포갰다. 나는 깜짝 놀랐다. 입술을 포갠 것이 비쥬의 연장인지, 다른 의미가 있는 건지 몰라 당황스러웠다.

그의 한국어는 거기까지였다. 그는 이내 독일어로 바꿔 말했다.

"번역본을 받아보고 얼마나 신기하던지. 이렇게 멋진 문자는 처음이야."

그는 자신의 한국어 번역본을 내밀며 내게 사인을 부탁했다. 내가 어색해하며 몸을 빼자 그는 고개를 저으며 말했다.

"너는 나에게 새로운 언어를 선물해준 사람이야."

마르코는 독일어로 소설을 썼다. 그의 책 프로필에 의하면, 어머니는 독일계 유대인이며 아버지는 크로아티아 사람이었다. 그의 독일어 책을 번역했으니 그가 독일말을 하는 건 자연스러웠다. 그런데 나는 입이 떨어지지 않았다. 20년 가까이 입에 올리지 않은 언어는 입안에서만 맴돌 뿐이었다. 나는 천천히 영어로 말했다.

"미안해. 나는 독일어로 말하는 게 힘들어."

마르코는 어깨를 한번 들썩였을 뿐, 이유를 묻지 않았다.

"이런! 반가운 마음에 내가 너무 나가버렸네. 사실 나도 독일어로 소설 쓴 지 10년밖에 되지 않았어. 그땐 세상이 금방이라도 하나가 될 것처럼 글로벌라이제이션을 부르짖고 난리였잖아. 하여튼, 내가 한국어를 하지 못해서, 미안. 그렇다면 우리에게는 영어가 더 공평하겠군."

섹스를 하면서 요리를 떠올리고 요리를 하면서 섹스를 생각하는, 그러나 야하기는커녕 기묘하게 어긋나고 비감한데다 실소가 터지는 소설과 달리 마르코는 뜻밖에 담백하고 재치가 있었다. 유머가 냉소적이고 자학적이긴 했지만 차가운 사람은 아니었다. 어딘지 어설프고 빈 구석이 많았다. 다른 작가들도 그의 유머를 좋아했다. 그는 어깨를 으쓱하며 말했다.

"여기까지 오는 데 정말 오래 걸렸어."

묻지도 않은 자신의 내밀한 이야기를 털어놓아서 당황한 적도 있었다. 저녁식사를 하러 우르르 몰려가던 길에 마르코가 옆으로 오더니 물었다.

"정말 미안한데, 너 몇 살이야? 아시아 여자들은 나이를 가늠하기 어려워서."

갑작스러웠지만 무례하게 들리지는 않았다. 너보다 세 살이 많다고 하자 두 눈이 휘둥그레졌다.

"와우, 나는 나보다 어린 줄 알았어. 이럴 줄 알고 실례를 무릅쓰고 물어본 거야."

그는 이내, 자기는 15년 전에 결혼했고 1년 만에 이혼했는데, 잠깐 사이에 아들이 하나 생겨서 지금 고등학생이며 엄마와 함께 살고 있다고 털어놓고는, 나를 쳐다보았다. 너는? 묻는 눈빛이었다. 내가 미혼이라고 대답하자, 현명하군, 하더니 익살스럽게 분하다는 표정을 만들어 보였다.

덩달아 마음이 가벼워진 나는 농담처럼 말을 건넸다.

"크로아티아가 요즘 한국에서 핫한 나라라는 거 알아?"

"땡큐지."

자그레브 시내에서 그는 심심치 않게 한국인들과 마주친다고 했다. 크로아티아에 한국인 관광객이 갑자기 늘어난 게 TV 프로그램이 히트했기 때문이라고 설명하자 마르코는 어깨를 들썩이며 놀라워했다.

"인구가 국력이란 말이 틀린 말이 아니군. 우리는 간신히 4백만 정도. 그러니 내가 그 언어로 소설을 써서 얼마나 팔겠어.
너희 나라는, 북한이랑 통일이 되면 엄청나겠구나."

"요즘은 출생률이 떨어져서 비상이야."

"그건 우리도 마찬가지야. 우리나라는 어느 날 문득 지도
에서 사라질 거야."

포럼 사흘째, 나는 마르코와 스스럼없이 대화를 나누고 있는
나 자신을 발견했다. 그럼에도 그의 집에 가게 될 줄은 몰랐다.

"언제든 놀러 와. 나는 시내에 있는 애인 아파트에서 동거
하고 있기 때문에 집에는 어머니밖에 없어. 삼대가 살던 집이
라 방이 많아."

"땡큐지."

그때는 농담이었다.

*

마르코는 보이지 않았다.

한 번도 가본 적 없는 낯선 집으로 가는 길이었다. 마르코
의 집은 어떤 곳일까? 시내에서 조금 떨어진 외곽이라는 말에
나는 숲속 외딴집을 상상했다. 그런 곳에서 말도 통하지 않는
할머니와 살 생각을 했다는 게, 스스로도 의아했다. 그런데 항
공권 예매를 마치고 보름쯤 후 마르코로부터 온 메일에는, 어
머니가 돌아가셨다고 쓰여 있었다. 정작 내가 놀란 건 노모의

죽음이 아니었다.

그리고 지금 나는 집으로 돌아왔다. 동거하던 애인과 헤어졌거든. 하지만 네가 오는 데에는 아무 문제 없어. 우리 집에는 방이 얼마든지 많으니까.

그의 노모와 지내려던 계획은 그와 지내는 것으로 수정되어야 했다. 그런데 방이 문제인가? 문제는 방이 아니었다. 떠나고 싶다, 떠나야 한다는 생각에 사로잡혀 있는 나 자신이 문제였다. 마치 차안대를 쓴 경주마처럼 그것만 보였다.

나는 캐리어를 벽에 기대놓고 주위를 둘러보았다. 가판대와 빵집, 커피숍, 그리고 무뚝뚝한 잿빛 건물들이 보일 뿐, 자그레브의 특징이라고 할 만한 무엇도 찾을 수 없었다. 버스를 타고 내리는 곳, 그 이상 뭐가 더 필요해? 개성이라고는 찾을 수 없는 터미널은 이렇게 묻는 듯했다.

마르코에게 자그레브의 뜻을 물은 적이 있었다.

"세 가지 의미가 있어. 하나는 그레이브(grave), 그레이브가 자그레브가 된 거야. 또 하나는 물을 찾아서 땅을 판다는 뜻, 그리고 언덕이라는 의미."

무덤이라……, 시멘트 덩어리 같은 터미널에 서 있는 나의 처지와 썩 잘 어울리는 짝이었다. 동구를 여행하는 일주일 동안, 나는 살금살금 마르코에게 다가가고 있는 느낌을 받았다. 도둑처럼 숨소리를 죽여가면서. 비 내리던 프라하의 밤, 중정건너 맞은편 집 창으로 요리하는 남자를 내려다보던 나는 마르코와 같은 지붕 아래서 지낼 날들을 구체적인 현실로 받아들였다. 순간 가슴이 두근거렸다.

그런데 텅 빈 터미널에 우두커니 서 있으려니 정반대의 발칙하고 짜릿한 상상이 모락모락 피어올랐다. 마르코가 작가라는 건 새빨간 거짓말이고 멀쩡히 살아 있는 어머니와 아내의 등쌀에 꼼짝 못하는 일상을 살아가는 평범한 샐러리맨인데, 오십대를 바라보는 한국의 번역가가 자기 말에 감쪽같이 속아서 낯선 버스터미널에서 당황해하는 모습을 지켜보며 고소를 금치 못하고 있을 거라는 상상. 그것이야말로 무덤 속 같은 일상을 살아온 나의 등짝을 후려치는 최고의 자극일지 몰랐다.

더 늦기 전에 호텔 방을 찾아 나서야 하는 거 아닌가, 할 무렵 허겁지겁 마르코가 나타났다. 헐렁한 티셔츠 차림의 그는 오히려 자기가 더 놀라는 표정이었다.

"난 저쪽에서 기다리고 있었어."

작다고 무시할 생각은 없지만, 순천이나 해남쯤에 있을 법한 규모의 터미널에서 국경을 넘어오는 버스가 어디에 서는지 몰랐다니. 하지만 그건 톈진의 마르코 모습, 그대로였다. 하여 재회의 반가움이 조금 전의 의구심을 밀쳐버렸다.

자동차를 타고 가면서 마르코가 말했다.

"오늘밤에 손님이 올 거야."

"누구?"

"베오그라드 대학에서 불문학을 가르치고 있는데, 실은 새

여자친구야."

하마터면 실소를 터뜨릴 뻔했다. 나는 애써 담담하게 말했다.

"오, 그래? 축하해."

"독불 비교문학회에서 만났어. 나보다 나이가 열 살 어려."

마르코가 나에게 여자친구에 대해 보고해야 할 이유는 없었다. 나 혼자 머리가 복잡했던 게 부끄러웠다. 사실은 홀가분했다. 마르코와 한 지붕 아래 지내는 것에 대해 긴장하지 않아도 되는 것이다.

"베오그라드라면 세르비아 아니야?"

"맞아. 며칠 후에 세르비아 국경이 닫힌다고 해서 갑자기 오게 된 거야."

난민 문제는, 내가 한국을 떠나기 전부터 심각해지고 있었다. 2015년 9월 에게해 모래톱에서 세 살배기 여자아이 아일란 쿠르디가 숨진 채 발견된 후, 메르켈 총리가 전향적으로 많은 수의 난민들을 받아들이겠다고 발표했다. 그때부터 난민들은 거대한 해류처럼 발칸반도를 거슬러 유럽으로 향했다. 세르비아와 헝가리가 시리아 난민들을 막겠다며 국경에 4미터 높이의 펜스를 설치하고 있다는 보도를 본 건, 내가 부다페스트에 머물 때였다. 국경이라는 걸 모르고 살아온 나는, 그렇다면 자그레브에 못 가게 되는 건가 걱정하며 마르코에게 메일을 띄웠다. 그들이 막으려는 건 난민들이지 여행자들이 아니야. 혹시 네게 무슨 일이 생기면 곧바로 달려갈 테니, 걱정하지 마.

내가 안도의 한숨을 내쉬고 있을 때, 두 연인들은 서로 못 만날까봐 마음 졸이고 있었던 것이다. 그녀는 오늘 와서 내일 돌아간다고 했다. 베오그라드에서 자그레브까지는 버스로 다섯 시간 거리였다.

"그런데 하룻밤 만에 돌아간다고? 그토록 먼 길을 와서?"

그녀는 지금 박사과정 중이라 공부할 게 산더미처럼 많은 데다 강의도 해야 된다고 했다. 5백 킬로미터나 떨어진 장거리 연애를 하는 그들은 한 달에 겨우 한두 번쯤 만나는데, 갑자기 국경이 닫힌다는 소식에 화들짝 놀라 달려오는 길이었다. 막 사랑이 불붙은 이들에게는 재난 상황이었다. 마르코가 윙크를 하며 말했다.

"사실 난 그녀가 바빠서 좋아."

마르코의 집은 숲속의 외딴집이 아닌 조용한 주택가였다. 완만하게 비탈진 택지에 자리잡은 주택 뒤뜰에는 사과, 감, 배, 무화과 같은 과실수들이 자라고 있었다. 모두 아버지가 심은 나무라고 했다. 할머니, 할아버지가 아래층에 살았고 그 위에 부모님이, 꼭대기 층에 마르코 남매가 살았으나 이제는 모두 떠나고 커다란 집에 마르코 혼자 남은 것이다. 촘촘히 붙은 택지들 사이로 사이프러스 나무가 울창했다.

주방과 붙어 있는 2층이 내가 머물 방이었다. 방에 딸린 발코니로 나가니 붉은 지붕들이 파도 치는 풍경과 옆집 주방 창으로 요리하는 여인의 모습이 내려다 보였다. 언덕인데다 2층이어서 전망이 탁 트였다. 붉은 지붕 끝으로 아드리아해까지 보일 것 같았다.

"저기 넓은 운동장이 있는 커다란 건물 보이지?"

마르코가 팔을 죽 벋어 난간 너머를 가리켰다.

"학교야?"

"정신병원이야. 아들이 어릴 때 자전거를 타고 자주 놀러 가던 곳이야. 정신병자들은 아이들이랑 잘 통하거든. 혹시 내가 정신병에 걸리더라도 병원이 이렇게 가까우니 걱정이 없어."

마르코의 방은 3층이었다. 한 층을 통째로 스튜디오식 원룸으로 꾸며놓은 방은 서재와 침실을 겸하고 있었다. 밀림 속 산장 같기도 하고 산장 속 밀림 같기도 한 기묘한 방이었다. 천장에 닿을 만큼 키가 큰 화분이 많았는데, 방 여기저기 아무렇게나 놓여 있었다. 무엇보다 눈에 띈 건 천장 가까운 곳에 새 둥지처럼 툭 튀어나온 공간이었다. 선반처럼 벽에서 비죽 튀어나온 그곳이 침대라고 했다. 발레 연습장처럼 커다란 방을 놔두고 왜 굳이 계단을 올라가야 하는 불편한 곳에 침대를 만들어놓은 것일까. 가파르고 좁은 계단은 잠결에 내려오다가 굴러 떨어질 것만 같았다.

"심각하게 자지 않으려고. 자러 갈 때도 뭔가 장난하는 기분이잖아."

밤이면 그는 이 나무에서 저 나무로 타잔처럼 줄을 타고 다닐 것 같았다.

마르코는 주방에서 뭔가를 끓이고 있었다. 내가 들여다보자 나무주걱을 저으며 레시피를 하나하나 말해주었다.

"당근과 감자는 삶아서 으깨고, 거기에 콜리플라워, 브로콜리, 붉은 렌틸콩, 칙피, 그리고 양파, 마늘을 넣고 푹 끓이는 거야."

구수한 냄새가 좋았다. 가을이 조금씩 깊어가는 동구를 돌아다니는 동안 나는 내내 마른 낙엽 냄새를 맡고 다녔다. 옷깃어딘가에 스산한 바람 한 줌이 묻어 있을 것이다. 수프 냄새와 온기로 가득한 부엌에서 몸이 녹아내리는 기분이었다. 수프가 끓고 있는 동안 그는 파이를 만들었다. 그는 내게 배를 내밀며, 껍질을 벗겨 저미라고 했다. 뒷마당에 있는 배나무에서 딴 것이었다. 마르코는 투명 볼에 밀가루와 우유를 붓고 버터를 넣었다. 거침없이 밀가루 속으로 손을 쑥 집어넣고 휘저으며 반죽을 하는 마르코를 나는 가만히 지켜보았다. 그의 집에 오자마자 주방에서 나란히 음식을 만드는 풍경이 펼쳐질 거라고는 상상도 하지 못했었다.

마르코는 냉장고에서 잠깐 숙성시킨 밀가루 반죽을 올리브유를 바른 오븐 플레이트에 적당한 두께로 펴고 내가 저며둔 배를 여기저기 올린 다음, 흑설탕과 계핏가루를 뿌렸다. 그는 한 손으로 수염이 까끌까끌한 턱을 쓰다듬으며 향신료를 고르고 뿌렸다. 이 모든 과정을 그는 힘들이지 않고 했다. 적당히 쓱쓱, 흠흠거리면서 대충. 익숙하지만 정형화되지 않은 손놀림이었다.

오븐에서 페어 파이가 부풀어오르는 동안, 마르코와 나는 수프를 먹었다. 한 숟가락을 떠서 입안에 넣자마자 나도 모르게 입에서 신음 소리가 흘러나왔다. 제대로 된 식사를 못하고 거리를 떠도는 외로운 여행자를 뼛속까지 위로하는 수프였다. 그것이 과장이 아니란 걸 그날 밤 다시 한번 확인했다.

*

마르코의 새 애인이 도착했다. 두 사람이 두런거리며 계단을 올라오는 소리가 들렸다. 마르코는 남과 북에서 달려오는 여인들을 마중하기 위해 어디 붙어 있는지도 모르는 국제터미널에 두 번이나 다녀온 것이다.

나쟈. 그녀의 이름이다. 긴 다리에 마른 몸이지만 가슴과 엉덩이가 풍만했고 갈색 머리가 어깨까지 물결쳤다. 그녀는 환하게 웃으며 내게 손을 내밀었다. 하얀 피부에 금발인 마르코와 달리 다갈색 피부에 검은 눈동자가 동양적인 분위기를 풍겼다.

마르코가 곧 비장의 수프를 내놓았다. 나쟈가 수프를 한 스푼 떠먹었다. 마르코와 나는 마치, 한 말씀만 해주소서, 하는 표정으로 그녀의 입을 주시하고 있었다. 나쟈의 입에서 곧 깊은 탄식이 흘러나왔다.

"흐음, 이런 수프가 정말 필요했어."

입술을 양옆으로 잡아 늘이며 웃던 마르코가 수프가 묻은 나쟈의 입술을 덮쳤다. 사랑의 감정은 지켜보는 누군가가 있으면 더욱 부풀어오르는 수탉의 벼슬 같은 것인가. 장거리 연인들은 둘 사이의 거리를 보상받으려는 듯 기회만 있으면 키스를 하고 몸을 비벼댔다. 마르코는 키스할 때만 수탉처럼 늠름할 뿐, 수시로 나쟈의 어깨에 머리를 기대고 볼에 입을 맞추었다. 열 살이 어린 나쟈는 그런 마르코가 사랑스럽다는 듯 머리와 등을 쓰다듬었다. 마르코는 애정결핍에 시달리는 어린 아들처럼 보였다. 나쟈가 바빠서 좋다고 거만하게 말할 때와는 다른 인격 같았다.

두 사람은 내가 한국에서 가져온 소주를 마셨다. "코코넛 향이 나." 나쟈가 말하자 입맛 까다로운 마르코도 고개를 끄덕였다. "좋은데?" 대중적이고 싼 술이라고 말했지만 두 사람은 소주를 좋아했다. 나는 소주를 축내고 싶지 않으니 크로아티아 술을 달라고 했다. 마르코가 반색을 하면서 찬장 깊숙한 곳에서 반쯤 남은 술병을 꺼내왔다.

"이거 크로아티아 전통 과실주인데, 라키야라고 해. 아버지가 마시다가 남긴 거야."

"아버지? 돌아가신 지 10년쯤 됐다며?"

나쟈가 깜짝 놀라며 물었다.

나는 병에 붙어 있는 라벨을 들여다보았다.

"유고슬라비아라고 쓰여 있네."

"20여 년 전에 망한 나라지."

마르코가 자조적으로 클클 웃었다.

나는 병뚜껑을 열어 냄새를 맡아보고는 잔에 따랐다. 천천히 술을 입안으로 흘려넣었다. 독기가 빠져버린 술에서는 볏짚 냄새가 풍겼다. 20년간 봉인되었던 세월의 맛이었다.

"흠, 좋은데? 신비한 마술이라도 벌어질 것 같은 기분이야."

내가 눈을 가늘게 뜨고 혀끝으로 술을 음미하는데, 마르코가 벌떡 일어서더니 내 뒤의 문을 향해 말했다.

"아버지, 제 친구들이에요. 다들 인사해. 내 아버지야."

나쟈가 마르코의 허리를 끌어안고 숨이 넘어가게 웃었다. 장난처럼 말했지만 나는 정말 마법 같은 기분에 휩싸였다. 유령처럼 동구를 떠돌아다니던 내가 문득 따뜻한 불빛 아래서 낯선 이들과 다정하게 식탁에 둘러앉아 까르르 웃고 있는 것만으로도 이미 마법이었다. 나는 아주 먼 세상을 돌아온 것 같았다.

이번엔 소주의 마법인가. 나쟈가 느닷없이 한국전쟁 이야기를 꺼냈다.

"한나, 그거 알아? 한국에서 전쟁이 일어났을 때 티토가 안도의 한숨을 내쉬었다는 거."

"그게 무슨 말이야?"

"티토는 소련의 위성국이 되는 걸 거부하고 독자노선을 걷겠다고 분명히 선을 그었거든. 티토에게는 가톨릭, 이슬람, 동방정교가 혼재해 있는 유고슬라비아의 공존이 더 중요했으니까. 그가 가장 경계했던 건 민족주의의 발호였어. 그래서 유고식 사회주의를 선언했던 건데, 스탈린 눈밖에 나는 짓이었지. 스탈린은 티토를 암살하려고 자객을 수차례나 보냈다고 해. 눈엣가시였으니까. 티토도 살얼음판을 걷는 기분이었을 거야. 그런데 한국에서 전쟁이 일어난 거야."

"한국에서 전쟁이 일어나지 않았다면, 유고슬라비아에서 전쟁이 일어났을 거라는 말이야?"

"아마도, 거의."

"그 말은 유고슬라비아에서 전쟁이 일어났다면, 한국에서 전쟁이 일어나지 않았을 거라는 말이네."

나는 유고슬라비아산 라키야를 물끄러미 바라보며 중얼거렸다.

"한국전쟁 이야기를 여기에서 듣다니, 기분이 이상해."

"우리가 정말 궁금한 것들은 대부분 베일에 싸여 있으니까. 하지만 정말 그럴까? 유고 내전에 대한 유엔 전범재판은 20년이 넘도록 아직도 진실공방을 벌이고 있어. 블랙코미디야. 진실은 이미 다 알고 있어. 그런데 뭘 하는 거지? 그렇게 시간을 끄는 사이에 밀로셰비치 같은 인간 백정이 단죄도 받기 전

30

에 심장발작으로 죽어버리다니, 용납이 안 돼. 살인마들이 정
당성을 주장하는 걸 보고 있으면 구역질이 나. 그런 자들의 변
명을 지켜보고 있어야 되다니. 피해자들의 목소리에 더 귀 기
울여야 되는 거 아니야? 그들에게는 언제 한번 마이크를 줘봤
냐고."

술 때문인지 흥분한 탓인지, 나쟈의 얼굴이 홍조를 띠며
달아올랐다. 육감적인 외모와 불문학도라는 선입견 따위는 개
나 줘버려,라고 말하듯 신랄했다. 그런 나쟈를 낯설게 바라보
고 있던 마르코가 빙글거리며 장난스럽게 말했다.

"당장 이 자리에서 칼부림이 나더라도, 진실을 가리기 어
려울걸."

"뭐야? 칼부림이라니."

나쟈가 눈을 흘기자, 마르코는 웃음기를 거두고 말했다.

"카프카의 〈법 앞에서〉란 단편소설을 보면, 주인공은 문지
기에 가로막혀서 끝내 법정에 들어가지 못하거든. 문지기는 나
쟈 네가 말한 베일 같은 거야. 베일은 가리기도 하지만, 뭔가
있을 것 같다는 환상을 심어주지. 하지만 문 안은 텅 비어 있
어. 문지기는 지킬 게 아무것도 없다는 바로 그걸 지키고 있는
거야."

"내 말이 그거야. 우리가 뻔히 알고 있는 진실을 법정에서
가려보겠다는 건데, 애초에 법 따위는 안중에도 없던 학살자들
에게 민주적인 법 절차라니, 이럴 땐 민주주의에 회의를 느껴."

마르코가 나쟈의 머리를 끌어당겨 입을 맞추었다. 마치 나쟈의 입을 막으려는 것처럼 보였다. 긴 키스가 끝나자 두 사람은 한결 부드러운 표정으로 가볍게 설전을 벌였다. 대화에서 영어는 사라지고 나는 조용히 소외되었다. 나는 라키야를 마시며 두 사람의 말소리에 귀 기울였다. 종결어미에 바람 새는 소리가 많았다.

스츠츠쉬츠츠 스스스쉬츠츠

마치 풀무 소리처럼 들렸다. 둘의 대화가 멈췄을 때 내가 물었다.

"그런데 너희 둘, 지금 어떤 언어로 대화하는 거야?"

마르코가 하하, 웃었다.

"나는 크로아티아 말을 하고 나쟈는 세르비아 말을 하고 있어. 하지만 두 말이 몹시 비슷해. 어떤 어휘들은 사투리처럼 변형된 것들도 있지만."

하지만 문자는 달라서 세르비아는 키릴문자를 쓰고 크로아티아는 라틴문자를 쓴다고 나쟈가 보충해서 설명했다. 나의 말에 자극받은 두 사람은 각자 알고 있는 어휘와 뜻이 서로 다른 어휘를 찾으며 빠르게 말을 이어나갔다. 그러다 문득 생각났다는 듯 나쟈가 물었다.

"남한과 북한은 같은 말을 써?"

　제일 먼저 눈에 들어온 건 창문이었다. 가로가 길고 세로
는 좁은 창문이 가슴 정도의 높이에 무슨 숨구멍처럼 뚫려 있
었다. 그것이 기묘하게 보였던 건, 창문은 창문인데 도무지 창
문 같지 않았기 때문이다. 아래쪽에 달려 있는 손잡이를 밀어
서 열리는 공간은 한 뼘이나 될 듯했고 유리를 두르고 있는 몰
딩이 넓어서 정작 창이라고 할 수 있는 건 공책 한 장 크기도
되지 않았다. 이를테면 자살방지용 창문이었다. 그나마도 첫날
저녁 이후로는 내내 암막 커튼으로 가려져 있었다.

　"북한에 몇 번이나 갔어?"

　기선을 제압하겠다는 듯 사내는 다짜고짜 반말로 소리쳤
다. 마른 체격이지만 걷어붙인 와이셔츠 팔소매 아래 구릿빛
근육이 탄탄했다. 사내가 소리칠 때마다 근육도 따라서 불끈거
렸다. 반듯하게 가르마를 탄 머리에서 역한 포마드 냄새가 진
하게 풍겼다.

　열 평 남짓의 각진 방은 기이하게 휑했다. 커다란 책상과
의자가 중요한 임무를 수행하고 있다는 듯 방 한가운데를 차
지하고 있었고, 한쪽 벽면에는 느닷없이 침대가 있었다. 침대
는 어울리지 않는 곳에 끌려온 것을 잘 알고 있다는 듯 납작 엎
드려 숨죽이고 있는 것처럼 보였다. 모서리에는 칸을 막아놓은
작은 공간이 있었는데, 문의 절반을 차지하는 유리너머로 샤워

기와 변기가 보였다. 출입문 쪽 가림막 너머에 소파가 있다는
건 취조가 끝나갈 무렵에야 알게 되었다. 수사관들은 돌아가
면서 그곳에서 잠깐씩 쉬거나 커피를 마셨는데, 그걸 나는 까
맣게 모르고 있었다. 라디에이터에서는 잊을 만하면 쉭쉭,거리
며 온풍이 나왔는데, 그럼에도 방 안의 냉기는 가시지 않았고
쉭쉭거리는 게 깊은 한숨 소리처럼 들렸다. 방 안의 집기류들
은 새것 냄새를 풍기고 있었지만 어딘가 이질적으로 고립되고
겉돌았다. 마치 부조리극의 무대 같았다. 이곳이야말로 북한이
아닌가 싶었다. 이토록 그로테스크한 공간이 낯설지만은 않았
다. 한 번도 와본 적 없는 기이한 공간이 익숙하게 느껴진다는
게 섬뜩했다. 그것이 나를 깊은 절망으로 밀어뜨렸다.

하지만, 북한이라니.

그 한마디만으로, 나는 저들이 원하는 것이 무엇인지 알
수 있었다.

"분단의 공포가 우리에게 이렇게 깊숙이 내면화되어 있다
니, 더구나 머나먼 독일에서도 작동하고 있다니, 섬찟하다."

독일에 있을 때 기표가 했던 말이었다.

초현실적인 방에 패대기쳐졌을 때, 나는 자유롭게 유영하
던 물속에서 강제로 끌려나온 한 마리 물고기였다.

나는 무엇을 탐하였던가?

결국 운명인가.

*

    아침부터 비가 내리던 날, 나는 학교에 가는 마르코에게 저녁을 준비하겠다고 말했다. 그 말을 꺼내기까지 사흘이 걸렸다. 마르코는 일주일에 사흘 강의를 위해 시내의 대학으로 출근했다. 가만히 앉아서 받아먹기가 미안했던 나는 저녁을 사겠다고 했지만, 마르코는 식당까지 가서 맛없는 요리에 돈을 지불하는 게 불쾌하다며 거절했다. 집에 있는 날에는 강의 준비와 아티클을 쓰느라고 바쁜 중에도 마르코는 꼬박꼬박 자신이 요리를 했다. 자기 요리에 대한 자부심이 대단했다. 난해한 소설이나 냉소적인 말과 달리, 그의 일상은 반듯하고 절제되어 보였다.

    여섯 시쯤 돌아올 거라던 마르코는 정확히 여섯 시에 돌아왔다. 낮에 잠시 개었던 비가 소나기로 변해 있었다.

    "썸씽 투 잇?"

    찬바람을 몰고 돌아온 그의 첫 일성이었다. 나는 하루 종일 빈둥거리던 주부가 갑자기 서두르듯이 그제야 마트에서 사다놓은 채소들을 씻고 샐러드를 만들었다.

    "미안. 책을 읽다가 시간이 이렇게 흐른 것도 몰랐네."

    거짓말이었다. 한 시간 전부터 나는 시계를 쳐다보며 미리 식탁을 차려놓아야 할지, 마르코가 돌아오면 그때 하는 게 좋을지 망설이다가 시간을 다 흘려보냈다. 일을 마치고 돌아오는 남자를 위한 저녁 준비가, 누군가에게는 지겹고 흔한 일상이 내게는 높은 산을 넘는 것처럼 힘이 들었다.

"그런데 이 고기는 뭐 하려고?"

식탁 위에 늘어놓은 요리재료들을 훑어보던 마르코가 소고기가 담긴 팩을 들어 보였다.

"스테이크 하려고."

"이건 스테이크용이 아닌데. 질길 거야."

"그럼 와인이랑 배를 갈아서 재어놓으면 어떨까?"

마르코는 엄격한 감별사처럼 까칠한 턱수염을 몇 번 문지르더니 타협안을 내놓았다.

"요리에서 제일 중요한 건 어떤 재료를 쓰느냐거든. 재료를 잘 못 쓰면 아무리 양념을 잘해도 소용없어. 그러지 말고, 이건 냉동실에 넣어뒀다가 나중에 스튜 할 때 쓰자. 대신 내가 치킨구이를 해줄게. 넌 샐러드를 만들어."

마르코는 전날 사놓았던 치킨을 꺼내 양념을 하기 시작했다. 소금과 후추, 그리고 이름 모를 향신료들과 로즈마리를 뿌리고 닭날개와 다리를 들어가며 올리브유를 구석구석, 껍질 아래까지 꼼꼼하게 바른 후 냉장고에 넣었다.

"마리네이드 시간이 약간 필요해. 기다리는 동안 와인 한잔하자."

반쯤 열린 창으로 빗소리가 거셌다. 냉장고 속에서 고요하게 숙성된 닭은 다시 한번 올리브유 마사지를 받았다. 기름종이를 간 오븐 플레이트에 사뿐히 누운 닭 옆에는 대충 썬 호박과 감자, 당근이 놓였다. 플레이트를 오븐에 넣고 돌아선 마르코가 손을 탁탁 털며 말했다.

"내일은 국경일이라서 수업이 없으니 근교 숲으로 드라이브를 다녀오자."

"무슨 날인데?"

"독립기념일 비슷한 거야."

"그래? 모레는 한글날인데."

"그래? 그럼 모레는 한국말만 하자."

능청스러운 마르코의 유머가 엉뚱하게 나쟈를 떠올리게 했다. 마르코가 가벼운 유머를 던질 때면 나쟈는 그런 마르코가 사랑스러워 어쩔 줄 모르겠다는 듯 머리통을 끌어안으며 입을 맞추었다.

"한국어 번역본이 나왔을 때, 얼마나 기뻤는지 몰라. 내 외조부가 오시엥침에서 돌아가셨거든. 아우슈비츠 말이야. 이런 말, 누구에게도 해본 적 없는 말인데, 사실 나는 독일어로 쓰고 싶지 않다는 강렬한 저항감 속에서 소설을 쓰고 있어. 소설을 쓰고 싶은데 이 언어로 쓰기는 싫다. 그것이 나에게 마조히즘적이고 외설적인 쾌감을 주고, 소설을 이상야릇하게 비틀고 있어. 너는 번역을 하니까, 내 말을 조금은 이해할 수 있겠지?"

그때 오븐에서 땡, 알람이 울렸다. 누군가 비밀을 털어놓으면 그에 상응하는 대가를 지불해야 한다는 공식이 있는 것도 아닌데, 마르코가 이혼 사실을 털어놓았을 때처럼 요구하는 뭔가가 있나? 내가 독일 말을 하지 못하는 이유를 물어보는 건가? 짧은 순간, 여러 생각이 머리를 스쳤다. 오븐의 알람이 어쩐지 의미심장하게 들렸다.

마르코가 그윽한 표정으로 치킨 냄새를 맡으며 자기가 제일 좋아하는 요리라고 했다.

"그런데 나쟈가 왔을 때는 왜 이걸 안 해준 거야?"

"알고 봤더니 나쟈가 베지테리언이더라구."

그러고 보니 나쟈가 있을 때 먹은 요리는 콩이나 과일, 채소, 파이 같은 것들이었다.

"나도 베지테리언이 되어보려고 해봤는데……."

"그런데?"

"실패했어."

마르코는 울상을 지었다.

"좋아하는 음식을 나눌 수 없다는 건 내게는 치명적인 거야. 마치 더 이상 섹스를 할 수 없게 되어버린 애인처럼. 다행히 아직까지 섹스는 좋아."

마르코는 기름이 번들거리는 손가락을 쪽쪽 빨면서 살짝 윙크했다. 나도 포크를 내려놓고 손가락으로 닭다리를 집어들었다. 노릇하게 구워진 닭고기는 지금까지 내가 먹어본 닭요리 중 제일 맛있다고 말하지 않을 수 없었다. 닭에서 흘러나온 기름이 스며들면서 구워진 호박과 당근, 감자도 별미였다.

"어때? 기다릴 만했지?"

나는 손가락으로 다리 살을 발라내며 고개를 끄덕였다.

"영어가 짧은 게 안타까울 지경이야."

"그럼 한국말로 해봐."

나는 곰곰이 생각하다가 말했다.

"감동적이야."

마르코가 그 말을 따라 했다.

"감, 동, 저기야."

한 글자씩 또박또박 따라 하는 마르코를 바라보던 내 얼굴이 순간 경직되었다. 이어서 마르코가 물었다.

"지금까지 먹어본 요리 중에서 어떤 게 제일 맛있었어?"

이상했다. 나쟈와 마르코, 그들은 마치 뭔가를 알고 있기라도 한 것처럼 내게 물었다. 내가 마르코의 초대를 선뜻 받아들이고 자그레브까지 온 건, 그것으로부터 도망치고 싶어서였다. 그러나 마르코와 지내면서 이런 순간이 오고야 말 거란 걸 은연중에 예감했다. 요리하는 마르코를 뒤에서 바라볼 때면 나는 그 너머의 누군가를 보고 있었다.

*

짙은 안개 속에서 우수에 젖은 사내가 코트 자락을 휘날리며 걸어간다. 안개 사이로 사라졌다가 나타나고 나타났다가 사라지기를 반복하던 사내는 어느 순간, 바지선에 타고 있다. 바지선에는 거대한 레닌 석상이, 팔다리와 상반신이 부서지고 떨어져 훼손된 채 굵은 줄로 포박되어 누워 있다.

〈율리시즈의 시선〉은 기표와 내가 독일에서 함께 본 단 한 편의 영화였다. 도나우강을 따라 거대한 레닌 석상이 한없이 느리게 떠내려가는 장면은 충격적이었다. 그보다 더 큰 충격을 준 건, 마치 관을 따르는 장례식 인파처럼 바지선을 따라서 강둑을 뛰어다니며 애통해하던 주민들의 모습이었다. 그들은 강물로 가로막힌 게 한스럽다는 듯 열에 들떠서 강둑을 뛰어다니다가 무릎을 꿇고 성호를 그었다. 이념의 허망함과 어리석은 대중들을 향한 비판이 통렬했다.

사내가 그리스, 알바니아, 세르비아와 보스니아를 돌아다니며 마주친 것은 사회주의와 파시즘의 광풍에 휩쓸린 발칸반도의 상처였다. 이념이 무너진 자리는 인신매매, 밀수, 마약, 갱단, 그리고 신자본주의 시스템이 차지했다. 종교와 전쟁의 광기에 사로잡힌 세르비아와 보스니아, 불가리아의 국경 수비대, 망해가는 그리스, 안개 자욱한 거리를 유령처럼 떠도는 사내, 환영처럼 사라진 과거의 연인, 하나같이 울음을 참고 있는 듯 절망적인 표정들, 폭격으로 폐허가 된 도시의 우울한 풍경이 가슴을 무겁게 짓눌렀다. 한없이 서정적인 정조의 영화가 담고 있는 것은 한없이 잔인한 역사에 대한 쓰디쓴 허무였다. 영화가 끝나고도 사라지지 않는 여운 때문에 나는 극장 입구에서

DVD를 샀다.

나와 기표는 볼 때마다 다양하게 변주되는 영화도 좋아했지만, 엘레니 카라인드루의 OST를 더 좋아했다. 집에 있을 때는 음악을 들으려고 DVD를 틀어놓기도 했다. 마르부르크의 잿빛 하늘과 더없이 잘 어울리는 음악이었다. 날카로운 고음의 바이올린 선율은 폐부를 휘저으며 불안과 허무를 부추겼다. 작은 스튜디오에 희미하게 배어 있던 음식 냄새와 인색한 햇살, 부유하던 먼지와 우리의 말소리가 바이올린 선율에 녹아들었다. 기표는, 아버지 환갑잔치에 다녀오면 발칸반도로 여행을 가자고 했었다. 독일에서 발칸반도는 그리 멀지 않았다.

*

옐라치치 광장을 푸르게 물들이며 땅거미가 지기 시작했다. 노랗게 불 밝힌 가로등 아래로 파란 트램이 엇갈리고, 귀갓길을 서두르는 사람들이 쏟아져나왔다. 불나방처럼 날개를 펼치고 광장에 내려앉은 노점에는 사과, 자두 같은 과실로 담근 라키야와 다양한 종류의 치즈들, 알록달록한 민예품 들이 진열되어 있었다. 농가에서 만들어서 파는 것들이었다. 퇴근길의 중년 신사가 라키야 한 병을 사서 정거장으로 향했다. 20년 전, 저 사내는 어디에 있었을까? 라키야를 든 저 손에 총을 들고 있지는 않았을까? 나의 시선이 홀린 듯 그의 뒤를 따랐다. 그가 트램에 올라 사람들 사이에 굳건히 자리를 잡고 서는 걸 바라보면서, 그들 가족이 식탁에 둘러앉아 라키야 잔을 부딪치는 장면을 떠올렸다. 나는 혼잣말로 나지막이 중얼거렸다.

"지비엘리."*

나는 옐라치치 동상 맞은편에 있는 커다란 서점에 들어가서 유고슬라비아 시절에 대한 책을 찾았으나, 영어로 된 것은 없었다. 나이 지긋한 점원 아주머니에게 물으니 엔틱북 숍에 있을 거라고 했다. 크로아티아 전통민요 CD 한 장을 계산하고 나오는데 그녀가 나를 따라 나와서 골목 입구까지 안내해주었다.

그러나 골목 안에서 나는 꽃시장에 넋을 빼앗기고 말았다. 싸늘한 이국의 밤거리에서 느닷없이 마주친 한밤의 꽃시장은 문득 다른 세상으로 들어온 듯 어리둥절하게 만들었다. 자그마한 광장을 사이에 두고 둥글게 늘어선 이동식 꽃집 부스들은 그 자체로 커다란 화환이었다. 양철 양동이에는 물감을 뿌린 듯 원색의 생화들이 담겨 있었고 노점 기둥에는 크리스마스를 장식할 화환들이 걸려 있었다.

나는 꽃 사진을 여러 장 찍었다. 검은색 롱코트에 검은 스카프를 쓴 초로의 여인이 자꾸만 뷰파인더 안으로 들어왔다. 광장 주변에서 사진을 찍을 때부터 보이던 여인이었다. 나는

* 크로아티아어로 건배.

42

그녀를 피해서 사진을 찍었다. 어느 순간 그녀와 눈이 마주치자 그녀가 나에게 다가왔다. 그녀는 화를 내고 있었다. 지금까지 네가 사진 찍는 걸 지켜보고 있었는데, 누구에게 허락을 받았느냐? 그것은 몹시 언페어한 일이라고, 언성을 높이며 호통을 치더니 사라졌다. 갑작스럽게 벌어진 상황에 벌에 쏘인 듯 정신이 혼미해졌다.

여기서 무얼 하고 있느냐? 그건 언페어한 일이다.

그녀는 나에게 호통을 치려고 홀연히 나타난 것 같았다. 관광지에서 꽃 사진 찍는 게 언페어한 일이냐고 따질 마음은 들지 않았다. 오히려 후련했다. 좀 더 후려쳐달라고 부탁하고 싶었다. 정신을 차리고 여인을 찾았으나 여인은 보이지 않았다. 곰곰이 생각해보니, 뷰파인더에서 그녀를 발견했을 때부터 예사롭지 않은 느낌이 있었다. 눈동자로 달려드는 검불이나 하루살이 같은 여인의 시선을 나는 무의식적으로 도리질 치듯 피했었다. 그녀는 누구일까? 그녀는 나에게서 무엇을 보았던 것일까?

시계를 보니 마르코가 강연을 할 시간이었다. 나는 마르코가 자그레브 도서관에서 강연을 한다고 해서 따라 나온 길이었다. 한마디도 알아들을 수 없을 건데? 마르코가 그렇게 말했지만, 그런 건 상관없다고 대답했다. 마르코가 도서관 담당자와 강연 준비를 하는 동안 나는 시내를 돌아다니던 참이었다.

도서관 안에 불이 환히 밝혀져 있었다. 서가들 사이로 마르코의 모습이 보였다. 나는 청중들 뒤에 앉아서 마르코의 강연을 지켜보았다. 풍부한 표정과 열정적인 말투, 다채로운 손짓이 마치 연극배우 같았다. 텐진 포럼에서도 그랬다. 매 순간 자신을 쏟아붓듯 최선을 다하는 모습이었다. 연애도 그렇게 최선을 다했으니 미련 없이 다음 사랑으로 옮겨가는 건 지극히 자연스러운 일이라고, 나는 생각했다.

밖에는 비가 내리고 있었다. 가을이 깊어가는 자그레브는 흐린 날이 많았고 비가 잦았다. 내 가방 속에 있는 우산은 작은 여행용이었으므로 마르코가 우산을 들고 나는 바짝 붙어 그와 팔짱을 꼈다.

"청중들이 거의 남자들이더라. 우리나라는 그런 자리에 가 보면 여자들이 대부분인데."

"내 강연에도 여자들이 대부분인데, 오늘은 좀 이상했어."

빗줄기가 점점 거세어졌다. 마르코가 내 어깨를 바짝 끌어당겼다. 주차장으로 가기 위해서는 공원을 지나야 했다. 파르테논 신전의 기둥처럼 하얗고 당당한 플라타너스가 늘어선 너머로 빈 벤치들과 시즌이 지나 더 이상 물이 나오지 않는 분수대가 차례로 나타났다. 잔디밭 건너편에는 육중한 석조건물의 국립극장이 창백한 조명을 받고 있었고, 오랜 세월 빗물에 노출되어 물때가 낀 알몸의 그리스 조각상들은 어쩐지 비통해 보였다. 보도에 수북하게 쌓여 있는 낙엽은 푹신했으나 발을 잘못 디디면 왈칵 빗물을 뿜어냈다. 몹시 낯설면서도 익숙한, 일치되지 않는 양가감정이 나를 혼몽하게 했다. 마르코에게서는 오래 묵은 책 냄새가 났다.

침대에 누웠지만 잠이 오지 않아 뒤척이는데, 마르코가 계단을 내려오는 소리가 들렸다. 지독한 불면증에 시달리는 마르코는 잠이 깨면 미칠 듯이 배가 고파서 뭐라도 먹어야 된다고 했다. 비스킷이든 빵이든 손에 잡히는 대로 먹었다. 나는 잠결에 주방에서 부스럭거리는 소리를 몇 번 들었다. 어둠 속에서 소리만 들렸다. 주방과 내 방 사이의 문이 불투명 창으로 된 여닫이문이라서 불을 켜지 않는 거라고, 나는 생각했다.

나는 침대에서 일어나 문을 조금 열고 말했다.

"나, 지금 안 자니까 불 켜도 돼."

마르코는 나를 쳐다보지도 않고 고개를 저었다.

"아니, 아니. 난 지금 자는 중이야. 깨고 싶지 않아."

그는 어둠 속에 선 채 파이를 먹고 우유를 팩 채로 꿀꺽꿀꺽 마시고는 방으로 올라갔다.

"굿 나잇."

꿈결 같은 목소리였다. 나는 그의 손을 부드럽게 잡고 위험하지만 재미있는 침대로 데려다주고 싶었다. 그리고 나란히 누워 불면의 밤을 함께 건너고 싶었다. 잠이 완전히 달아나버

렸다. 나는 방문을 열고 발코니로 나갔다. 비에 젖은 붉은 지붕
이 불빛 아래 반짝였다. 그 너머 어둠 속에 정신병원이 유령의
성처럼 우뚝 서 있었다.

다음날, 나는 여행을 좀 다녀오겠다고 마르코에게 말했다.

어제 도착한 세상
|
마르부르크

"감동적이야."

기표가 해준 음식을 먹을 때면 내가 하던 말이었다. 처음에는 장난하듯 과장된 표현이었다. 기표가 내 거실로 짐을 옮긴 날, 그는 책꽂이가 되어버린 주방 선반을 보고 깜짝 놀랐다.

"정말 너무한다. 냄비도 하나 없네."

애초에 그 집에는 주방이라는 것 자체가 없었다. 독일에서는 아파트나 스튜디오의 싱크대 설비를 입주민이 설치하는 거라고, 집주인이 말했다. 설치할지 말지는 입주민의 자유였다. 덕분에 집세가 쌌다. 어차피 집에서 밥을 해 먹을 생각도 없었고, 과일이나 커피잔 정도는 세면대에서 씻으면 될 터였다. 끼니는 학생식당에서 해결했다. 식기도구 따위를 늘어놓고 요리를 할 만큼 마음의 여유도 없었다. 장을 보고 요리하는 시간도 아까웠다. 하루빨리 학위를 받는 게 나의 목표였다. 그곳에서 살아가는 하루하루의 시간이 마치 택시 미터기가 올라가는 것처럼 돈으로 환산되었다.

집안 어른이나 되는 것처럼 냉장고와 선반을 열어보며 혀를 끌끌 차던 기표는 밖으로 나가더니 커다란 쇼핑백을 양손에 들고 돌아왔다. 전열기구와 냄비, 프라이팬, 각종 채소와 고기, 어디서 구했는지 당면까지 있었다. 세면대에서 채소를 씻고 좁은 선반에서 당면을 삶고 피망, 호박, 버섯 같은 채소를 썰고 다지고 양념에 재워둔 소고기를 달달 볶아서 내놓은 것은 잡채였다.

좁은 스튜디오에 음식 냄새가 풍기기 시작했다. 음식 냄새는 코로 스며들어 식욕만 자극하는 게 아니라 뇌에도 어떤 신호를 보내는 것 같았다. 알게 모르게 경직된 신경세포들이 조금씩 느슨해졌다. 음습한 마루 밑에서 기어나와 따뜻한 햇살 아래 길게 몸을 늘이는 고양이처럼 나른해졌다.

"근데 왜 이렇게 요리를 잘해?"

"요리라니 황송한걸. 하지만 잘 챙겨 먹어야 하는 이유는 차고 넘쳐. 네가 무얼 먹는지 말해다오, 네가 누구인지 가르쳐주마."

"누구 말이야?"

"브리아 사바랭."

"그러면 난 누군데? 카페테리아에서 식어빠진 음식으로 혼자 외롭게 끼니를 때우는 나 말이야."

"나 같은 요리사를 동거인으로 들일 수밖에 없는 운명?"

기표가 엄지와 중지를 튕기며 말했다.

"이제 알겠다. 네가 왜 그런 표정을 짓고 다녔는지."

"어떤 표정?"

"허기진 표정, 그거네."

"끼니는 그냥 때우는 거라고 생각했으니까."

"여기 얹혀살게 해준 보답으로 주말 저녁은 내가 책임진다."

기표가 해준 음식을 먹을 때마다 그 말이 무심코 나온 게 아니란 걸 깨달았다. 음식을 만들기 위해 자질구레하지만 빼놓을 수 없는 절차와 과정, 맛을 내기 위한 분주한 손길, 거기에는 세심한 마음씀이 깃들어 있었고 그것은 잔잔한 감동을 불러일으켰다. 한 사람이 한 사람을 위해 음식을 준비하는 노고와 과정을 찬찬히 눈여겨본 건 처음이었다. 소리와 냄새가 그의 주위에서 음표처럼 흘러 다녔다.

식사 준비를 하는 기표를 바라보던 어느 날이었다. 그는 채소를 다듬고 써느라 분주했다. 추리닝 바지에 아무렇게나 구겨 넣은 티셔츠 사이로 팬티가 보였다. 처음에는 고무줄이 헐거운 탓인 줄 알았다. 그런데 매번 그랬다. 어처구니없게도, 그게 사랑스러워 보였다. 아무렇게나 흐트러진 것이 좋아 보일 수 있다는 걸 그로 인해 알게 되었다. 사랑에 빠진 시점이 언제냐고 물으면 그때였다. 나는 그의 뒷모습부터 사랑하게 되었다.

*

　기표의 메일을 받은 건, 마르부르크에 온 지 1년 반쯤 지날 무렵이었다. 자신이 마르부르크로 유학을 갈 예정인데 동아리에서 내가 그곳에 있다는 말을 듣고 무척 반가웠다며, 잘 부탁한다고 했다. 문학동아리는 내가 유일하게 가입했던 동아리였으나, 2년을 넘기지 못했다. 문학에 대한 이야기보다는 정치 이야기를 더 많이 했고, 책보다는 술을 더 좋아하고 작가보다는 회원들 신상을 더 궁금해하는 분위기가 부담스러웠다. 술자리에서는 문학이라는 허울을 뒤집어쓰고 치기 어린 비난과 비판을 쏟아내며 난장판으로 만드는 애들이 한둘은 꼭 있었다. 기표를 기억하는 건, 그가 좀 달랐기 때문이었다. 원만한 성격과 반듯한 품성이 모자라지도 넘치지도 않았다. 몸짓이 크지 않았고 태도는 어른스러웠다. 그를 볼 때면 나는, 그의 집을 상상했다. 어떤 부모 아래 자라면 저렇게 될까, 궁금했다.

　학생식당에서 만난 기표는 어제 헤어진 사람처럼 스스럼이 없었다. 나는 입학 수속에서부터 강의 신청과 도서관 등록까지, 막 도착해서 어리둥절한 기표를 데리고 다니며 안내를 해주었다. 기표는 독일어 개인 지도를 받을 계획이라고 했다.

　"혹시 소개해줄 만한 사람 없어?"

　"내가 사는 동네에 이주민들을 위한 시민강좌가 있는데, 우선 그곳 강의를 한번 들어보고 결정하면 어때?"

"시민강좌?"

되묻는 기표의 말꼬리가 올라갔다.

"내키지 않으면 무시해도 돼."

내가 선선히 물러서자 기표가 오히려 나를 붙잡았다. 아니, 한번 가보는 것도 나쁘지 않겠다. 그러나 커뮤니티 사무실에 들어섰을 때 기표가 이맛살을 찌푸리는 걸 나는 보았다. 크지 않은 강의실과 한쪽 구석을 유리 칸막이로 막은 사무실이 열악해 보였을 터였다. 박사과정 밟을 사람을 이주민 강좌에 데려오다니, 볼멘소리가 들리는 것 같았다. 실무를 맡고 있는 노신사가 손을 들어 알은척을 했다.

"마침 오늘 고급반 강좌가 있다고 하시네. 온 김에 강의 한번 들어볼래?"

기표는 미덥지 않은 표정으로 고개를 끄덕였다.

잠깐 사이에 강의실의 절반 이상이 찼다. 피부색으로 미루어 중동 지역 출신들이 대부분이었고, 나이는 청년부터 장년까지 골고루 분포했다. 사실, 이곳 강의는 수준이 꽤 높은 편이었다. 대학생 자원봉사자들이 지도하는 초급반도 있지만 은퇴한 교수들이 가르치는 고급반도 있는데, 고급반은 철학이나 미학 에세이를 교재로 사용하고 때로는 자못 진지한 토론으로 이어지기도 했다. 운영비는 지자체 보조금으로 해결했다. 나도 강의가 없는 주말에 자원봉사로 초급반 수업을 맡은 적이 있었다.

강의가 끝나고 밖으로 나온 기표가 상기된 얼굴로 나를 쳐다보았다.

"훌륭한데? 고마워. 이런 정보는 현지인 아니면 알 수 없는 거잖아."

"나도 도움을 많이 받은 곳이야."

"분위기 좋은 식당 좀 안내해봐. 스테이크 잘하는 집으로 말이야."

"왜?"

"뭐가 왜야? 한턱내고 싶어서 그래. 그동안 네 시간 많이 뺏어서 미안하고, 고마워서."

"그럴 필요 없어. 남의 나라에 오면 처음에는 어리둥절하지만, 하루만 지나면 똑같아지는데 뭐. 정 고마우면, 다음 사람에게 베풀면 돼."

"밥 한 끼 사겠다는데, 너무 까칠하게 그러지 마라."

며칠 후 우연히 학교 카페테리아에서 마주쳤을 때 기표는 막무가내로 나를 막아서며 점심값을 계산했다.

"허락해주셔서 황공무지로소이다."

기표는 익살맞은 표정을 지으며 허리를 굽혀 절을 했다.

"너 송연주 알지?"

"어떻게 몰라? 동아리 퀸카잖아."

"나 사실은, 송연주랑 약혼했어."

나는 미간을 찌푸리며 눈을 흘겼다.

"빨리 말했어야지. 험담이라도 했으면 어쩔 뻔했어."

"깜빡했어. 어제 내가 스테이크 먹으러 가자고 할 때 데이트 신청하는 줄 알고 부담스러웠던 거 아니야? 그제야 연주 얘기를 안 했다는 생각이 들더라. 연주는 대학원 졸업하고 주간 〈시사이슈〉에 취직해서 지금 2년 차인데, 나름 잘나가고 있어. 공부는 취미 없대서, 약혼만 하고 나 혼자 유학 온 거야."

기표는 학교생활에 대한 소소한 의문이 생길 때면 카페테리아로 와서 나를 찾았다. 카페테리아 구석 창가 자리는 도서관에 가지 않을 때 내가 자주 가는 곳이었다. 독일어 수업이 있는 날이면 트램 역 앞에 있는 작은 마트에서 맥주를 마시기도 했다. 플라스틱 테이블과 의자를 내놓고 햄버거와 소시지를 파는 마트는 나의 단골이었다.

30도를 넘는 불볕더위가 계속되던 날이었다. 해가 져도 복사열 때문에 후텁지근했다. 맥주와 아이스크림을 번갈아 먹던 기표가 아이스크림 한 통을 사서 내게 주었다.

"이거, 너무 커. 선배 가져가."

몇 푼 한다고 그러냐고 기표가 신경질을 냈다.

"냉장고가 고장 났거든."

"이 날씨에?"

"내일 고칠 거야."

"수리기사가 오나?"

"내건 너무 허접해서 수리기사 부르기가 좀 그래."

"그럼 갖고 간단 말이야?"

"응."

"냉장고를? 차를 부를 거니?"

"아니. 작은 거야."

다음날, 냉장고를 끌고 나오는데 기표가 서 있었다. 그 시간에 그가 왜 내 앞에 서 있는지, 얼른 이해하지 못했다. 그를 본 나도 놀랐고, 바퀴가 달린 밀대에 실린 냉장고를 끌고 있는 나를 본 기표도 놀란 표정이었다. 기표가 나를 밀치며 밀대 손잡이를 잡으려고 했다.

"이러지 마. 혼자 할 수 있어."

내 손길이 너무 거칠었던가. 팔을 살짝 밀었다고 생각했는데, 나의 팔이 그의 배를 쳤다. 당황한 나는 얼른 냉장고를 밀었고 잠시 후 도착한 트램에 올라탔다. 문이 닫힌 후 뒤를 돌아보았다. 기표가 멍한 표정으로 트램 꽁무니를 바라보며 서 있었다. 왜 그토록 당황했을까. 부끄러웠나? 부끄러운 행동이 아닌데, 부끄럽게 만든 그의 친절이 부당하게 느껴졌다. 원치도 않는데 갑자기 나타난 것에 화도 났다. 그러나 그토록 단호할 일인가 싶기도 했다. 나의 강팍함이, 그의 온정 앞에서 더욱 도드라진 것 같아서 씁쓸했다. 도와주겠노라고, 기표가 전날 말했다면 나는 어떻게 했을까? 기표는 내가 거절할 걸 짐작하고 집 앞에서 기다린 거라는 데 생각이 미쳤다. 아니, 나는 그를 보는 순간 이 모든 걸 직감했었다. 그를 밀치는 손길이 거칠었던 건, 감정이 실렸기 때문이었다. 섬세한 배려에 당황한 것이다. 받아본 적도, 베풀어본 적도 없는 것이었으니까.

냉장고를 맡기고 돌아왔을 때, 그는 아파트가 바라보이는 벤치에 앉아 있었다. 옆에는 맥주캔 세 개가 뒹굴고 있었다. 그는 미동도 하지 않은 채 나를 바라보았다. 우뚝 멈춰 서서 그를 바라보던 나는 웃음을 터뜨렸다.

그제야 기표가 자리를 털고 일어났다.

"고맙다. 웃어줘서."

그는 자신을 발견한 내가 화를 내면 그대로 돌아갈 작정이었다고 말했다.

"웃는 건, 경우의 수에 없었는데."

나는 더 크게 웃어주었다. 그리고 마트로 가서 맥주를 마셨다.

"연주가 그러더라. 너가 무지하게 까칠하고 차가워서 내가 마르부르크 가도 알은척도 하지 않을 거라고."

나는 피식 웃었다.

"그게 나에 대한 평가인가? 틀린 말도 아니야. 그땐 그랬어."

"지금은 달라졌다는 거야?"

"다른 사람의 시선은 별로 관심 없어. 하지만 한국을 떠난 후 내가 조금씩 이완되고 있다는 건 느끼고 있어."

나를 가만히 쳐다보던 기표가 비장의 카드를 던지듯 말했다.

"너, 희생정신 같은 거 별로 없지?"

"갑자기 무슨 소리야? 희생이라니? 거기에다 정신까지?"

"남의 도움을 완강히 거부하는 건, 자기도 돕지 않겠다는 거 아닌가? 그러니 희생정신 같은 것도 없을 테고. 도움을 주고받고 어우러져서 사는 게 세상살이인데, 넌 딱딱한 갑옷으로 무장하고 있는 거 같아서 하는 말이야."

"철학도가 너무 비약하는 거 아냐? 하지만, 희생이란 말은 싫어해."

"것 봐."

"희생이란 말은, 그 말을 하는 순간 오염되어버리는 말 아냐? 그 말이 입 밖으로 나오는 순간, 이미 희생이 아니잖아."

그날 기표는 좀 취해서 자꾸만 어깃장을 놓았다. 해변의 모래성을 발로 차는 개구쟁이처럼 도발하고 싶어 했다. 그의 도발에서 공격성은 느껴지지 않았다. 기표의 지적은, 내면 깊숙이 가라앉아 있던 앙금을 휘저었다. 도발적이지만 공격적이지 않은 기표의 지적은, 나를 들여다보게 했다. 그와 대화를 하노라면 줄을 잡았다 놓았다 하듯, 긴장과 이완이 리듬을 탔다. 나는 가볍게 그 줄에 올라타곤 했다. 그의 도발적인 지적을 나는 기꺼이 즐겼다. 리듬을 타노라면, 내가 그를 도발할 때도 있었다. 우리의 언어가 점점 풍성해졌다.

하지만, 그는 왜 맥락도 없이 희생이란 말을 꺼냈을까.

타지에서 직장생활을 하던 오빠는 한 달에 한 번 정도 집에 와서 생활비를 내놓았다. 그때마다 오빠는 내게 허튼짓하지 말고 공부나 열심히 하라며 훈계를 늘어놓았다. 오랜만에 다니러 온 아들이 반가운 마음에 엄마가 허둥지둥 밥상을 차려놓으면 아버지도 오빠도 술부터 찾았다. 오빠 입에서 가족들을 위해 희생해도 누구도 알아주지 않는다는 말이 나오면, 아버지는 입을 다물었다. 오빠 성적으로는 지방대도 겨우 갔을 테지만, 친구들이 다들 대학 갈 때 자기는 대학도 포기했다는 말이 후렴구처럼 반복되었다. 반가운 마음은 잠깐이었고 다들 오빠의 술주정을 피해서 자리에 누워버렸다. 오빠는 더 이상 희생자가 아니라 가족 위에 군림하는 자였다. 평생 술주정으로 엄마를 괴롭히던 아버지는 자신의 분신 같은 오빠 앞에서 조금씩 무너졌다.

남의 도움을 순수하게 받아들이지 못하는 게 희생정신이 부족해서 그런 거라는 말은, 전제도 논리도 엉망이라고 나는 생각했다. 하지만 그것과 상관없이 의미심장하게 다가왔다. 오만해서 그런 게 아니란 걸, 그런 삶을 살아보지 않은 사람에게는 설명하기 어려웠다. 그때 우리는 같은 단어를 사용하고 있었지만, 각자의 의미는 달랐다.

*

카페테리아에 나타난 기표의 얼굴은 창백하게 굳어 있었다. 기표는 대학원 등록 때 기숙사도 함께 신청했으나, 신청인이 많아서 탈락했다는 통보를 받았다. 일단 대기자 명단에 올려놓고 집을 구했다. 그때 대학 커뮤니티에 올라온 게시글 중, 갑작스런 사정으로 집을 비우게 되었다는 글이 눈에 띄었다. 어차피 기숙사에 들어갈 거라는 생각과 독일에 가기 전에 미리 살 곳을 구해놓으려는 성급한 마음에 제대로 확인을 하지 않은 게 문제였다. 세입자라는 사람이 나타난 것이다. 그는 정식 계약서를 기표에게 보여주었다. 알아봤더니, 세입자가 들어오기 전에 비어 있는 집을 가지고 누군가 사기를 친 것이었다. 당장 사흘 후에 집을 비워야 되는데, 몇 달 치 집세를 선불로 치른 바람에 가진 돈이 없었다.

"그럼 내 스튜디오로 들어올래?"

훗날, 기표는 그 말이 마치 내 빵 좀 나눠줄까? 이렇게 말하는 것처럼 들렸다고 했다. 너, 표정이 하도 심상해서, 그런 일이 벌어질 걸 이미 알고 있는 사람 같았어.

나의 스튜디오는 굳이 우긴다면 방이 두 개라고 할 수 있었다. 작은 방은 입지 않는 옷이나 책 같은 걸 쌓아둔 창고에 가까웠다. 그것들을 정리하면 매트리스 하나 정도는 놓을 수 있을 터였다.

"큰 방은 현관으로 연결된 오픈된 공간이니까 공용으로 사용하고, 밤에는 선배가 거기에서 자. 나는 작은 방에서 자면 돼. 어차피 공부는 거의 도서관에서 하잖아."

기표는 내 말이 얼른 이해되지 않는 듯 멍한 표정이었다. 옳다구나 하기에는 멋쩍었는지 변명을 늘어놓았다.

"빈방이 나오면 나부터 사정을 봐달라고 기숙사 사무실에다 특별히 부탁해놨어."

나는 고개를 갸우뚱하며 웃었다. 독일에서 원칙을 무시하고 개인적인 사정을 봐줬다는 얘기를 나는 들어본 적이 없었다.

"이거 뭐야?"

기표의 짐 속에서 빨갛게 빛을 내며 나의 시선을 잡아끄는 게 있었다. 유선전화기였다.

기표가 얼굴을 붉히며 고개를 절레절레 저었다.

"연주가 유학선물이라고 준 거야."

"전화기를? 특이하네."

"휴대폰을 사주겠다는 걸 쓸 일도 없고 요금도 비싸다고 간신히 말렸지. 벽돌만 한 걸 창피해서 어떻게 들고 다녀? 그랬더니, 이걸 사주더라. 핫라인이라나?"

"큭."

나도 모르게 웃음이 새나왔다.

"알아, 알아. 무슨 말을 하고 싶은지. 개목걸이 맞아."

쑥스러운지 기표는 전화기를 옷 사이에 쑤셔넣었다. 쑥스러운 얘기를 꺼내기 좋은 순간이었다.

"나, 독일에 와서 이름을 바꿨어. 바꾸긴 했는데 아무도 모르니, 바꿨다고 할 수도 없는 상태지만."

"독일식 이름을 만든 거야?"

"아니, 그냥 내 이름이 싫어서. 이름이라는 거, 생각해보면 참 이상해. 자기 이름인데, 그 어떤 것보다 자신에 속한 것인데, 자기가 결정하지 못한다는 게 아이러니해."

"뭔데? 나부터 불러줄게."

"한나. 엄마 성을 따서 조한나."

"한나 아렌트?"

"금방 아네."

"여기가 한나 아렌트가 공부한 곳이잖아. 하이데거를 만나고 사랑했던 곳이기도 하고."

"불행했던 어린 시절과 결별하고 독립적인 주체로 선 곳이기도 하지."

"그런데 하이데거는 실망이야. 대사상가라면서, 한나를 대하는 태도는 얼마나 졸렬하고 위선적인지."

"사상과 삶이 완벽히 일치한다면 성인이겠지. 선배는 그럴 수 있을 것 같아?"

"한나도 이해하기 어려운 점이 있어. 한나는 이스라엘에서 나치 전범 아이히만 재판을 지켜보면서 악이 얼마나 평범한 얼굴을 하고 있는지, 거기에 충격을 받고 악의 평범성이란 유명한 개념을 만들어내잖아. 자신의 판단은 없이 지시에 복종하는 평범한 사람, 바로 사유하지 않는 인간이지. 그런데 하이데거는 철학자야. 하이데거가 히틀러를 옹호하고 나치 정권에 복무하면서 마르부르크대학 총장까지 지낼 때, 한나는 자신의 정체성이라고 생각해본 적도 없는 유대인으로 몰려서 프랑스로 망명했고, 프랑스에서도 간발의 차이로 목숨을 건져 간신히 미국으로 탈출하잖아. 그런데 2차 대전이 끝난 후, 하이데거를 만났을 때 그를 스승으로 대접하고 저술을 출판할 수 있도록 도와줘. 그거 이해할 수 있어?"

"나는 오히려 한나의 자존감이 엿보이던데. 자신의 과거를 피해자 의식에 가둬 부정하고 추하게 늙어버린 옛날 애인을 비난하는 거, 그게 오히려 쉬운 일 아니야? 한나는 하이데거를 넘어선 거지."

*

가족은 내가 선택한 적 없는 이름과 같았다. 독일에 와서 내 이름을 버릴 때 그것은 가족을 버리는 것과 다르지 않았다. 나는 나 스스로를 잉태하고 새로이 태어나고자 했다. 이방인들 사이에서 나는 생애 첫 숨을 토해내듯 심호흡을 했다. 한나 아렌트가 호흡하던 공기가 탯줄을 타고 내게 흘러들어온다고 주술을 걸었다. 낯선 언어와 하늘과 바람이 나의 착각을 응원하고, 명치에 뭉쳐 있던 응어리가 각설탕처럼 뜨겁게 녹아서 풀어졌다.

가족에 대해 털어놓은 건 기표가 처음이었다. 가족사를 굳이 감추겠다고 결심한 적은 없었다. 누구도 궁금해하지도 물어보지도 않았으므로 말할 기회조차 없었다. 생각만으로도 나 자신이 먼저 위축되었다. 그것을 기표가 허물어뜨렸다. 그의 도발은 나 자신을 낯선 타인으로 바라보게 해주었다.

그날의 대화는 나에게 의문 하나를 떠올리게 했다. 평범한 의문, 평범하다는 것에 대한 의문이었다.

기표는 더없이 평범한 가정에서 태어나 더없이 평범하게 자란 자신을 한탄하듯 말했다. 부산이 고향인 그의 집안은 박정희를 나라를 구한 영웅이라도 되는 듯 여겼으며 선거 때는 1번만 찍어온 골수 여당 집안이었다. 박정희를 존경하는 아버지는 밖에서는 박정희 같은 사장을 모시며 굽신거렸고 집 안에서는 박정희처럼 군림하며 아침기상 노래로 새마을 노래를 크게 틀었고 자식들이 차렷 자세로 도열한 가운데 출근하는 사람이라고 했다.

기표의 말이 내게는 경이로웠다. 그런 게 평범한 건가? 기표는 더없이 평범하다고 자조했으나 그 평범함이, 나는 부러웠다. 그리고 내가 얼마나 평범하지 않은가를 다시 한번 자각했다. 나 자신에게 가장 결핍된 것이 평범함이란 것도.

"말하기 창피하지만, 대학에 와서야 독서 동아리에서 리영희 선생님 책 같은 걸 읽으며 우리나라 현실에 대해서 알게 되었으니, 내가 얼마나 한심하던지. 어떻게 그렇게 감쪽같이 사람들 눈을 가리고 세뇌시킬 수 있는지 소름이 끼치더라. 광주에 대해서도 아무것도 몰랐어."

"머슴의 자식으로 태어난 사람이 있었어."

조용히 기표의 말을 듣고 있던 내가 말문을 열었다. 고개를 돌려 나를 바라보는 기표의 눈빛이 맑았다.

"하필 같은 해에 주인집에서도 아들이 태어났는데, 그가 좋은 옷에 글공부를 할 동안 자신은 왜 눈만 뜨면 허리 한번 펴지 못하고 일만 해야 되는가, 이렇게 사치스런 생각은 할 겨를도 없이 일만 죽어라 했어. 조선말을 쓰는 사람이 왜 일본말을 쓰는 사람에게 굽신거리는지, 왜 먼바다 건너 알지도 못하는 섬까지 총알받이로 내몰려야 하는지도 몰랐던 사람이야. 그것조차 주인집 아들 대신 간 건데, 전쟁터에서 목숨 부지하고 돌아오니 그사이에 세상이 바뀌어 있었던 거야. 일본이 망했고 조선인이 조선을 다스리게 되었는데 어째서 조선인들을 잡으러 다니는지, 그로서는 요령부득이었지. 다만, 그가 잘 아는 게 하나 있는데 그건 깊은 산속 핏줄처럼 얽힌 복잡한 숲길이었어. 산사람들을 따라다니던 그는 어느 순간 그들 앞에 서 있는 자신을 발견했어. 무엇보다 자신이 인간이라는 걸 발견했어. 사람들이 자신의 말을 들어주고, 주거니받거니 대화라는 걸 하고 있었던 거야. 그때 자신이라는 존재를 처음으로 느낀 거야. 심장이 밖으로 튀어나올 것처럼 벅찼지. 그런데 그게 과했나봐. 칼을 갈 때도 지나치면 날이 넘어버리잖아. 토벌대에게 쫓기던 날이었어. 아버지가 군인들에게 끌려가서 죽도록 맞고 총살당했다는 소문이 그의 귀에 들어온 며칠 후였어. 이유야 뻔했지. 산으로 간 아들 때문이었지. 토벌대 길잡이들은 대부분 제주인들이기 때문에 산사람들을 보면 잡는 시늉만 할 때도 있고 군인들보다 먼저 와서 도망가라고 알려주기도 했는데 그날은 막다른 곳까지 몰리고 몰리다가 동지들이 거의 전멸하다시피 했나봐. 그런데 토벌대들 속에서 주인집 아들을 발견한 거야. 그날 밤, 그는 기어코 주인집까지 숨어 들어가 칼을 휘둘렀어. 원한과 광기와 살기로 정신이 나간 그가 소란을 피운 통에 그는 금방 제압당하고 도리어 자신이 휘두른 칼에 큰 상처를 입었어. 소란 통에 잠 깨서 나온 주인이 아니었으면 그도 자기 아버지처럼 되었을 거야. 그를 알아본 주인이 경찰에 넘겨야 된다고 방방 뛰는 아들에게 호통을 치면서 그를 놓아준 덕에 도망칠 수 있었지. 그는 더 이상 고향에서 살 수 없었어. 온 세상이 자기를 죽이려고 달려드는 것 같았거든. 머슴으로 머물렀으면 몰랐을 세상이 알고 보니 너무 무서웠던 거야. 고향을 떠나 깊이 숨었지만, 자기 속에 있는 미친 짐승으로부터는 도망칠 수 없었나봐. 원귀가 들러붙었는지도 모르지. 그때마다 그가 했던 말이 뭔지 알아? 나대지 마라, 정 맞는다. 뒤늦게 세상을 알았다고 해야 하나? 그런데 말이야, 그 깨달음이라는 거, 자기 존재를 인식하는 깨달음이란 거 잔인하지 않아? 그런 거 몰랐으면 미친 짐승에게 사로잡히는 일도 없었을 거 아냐."

방심한 채 비스듬히 앉아 있던 기표는 조금씩 허리를 똑바로 세웠다.

"가족사를 생각하면 몸서리가 쳐져. 빛 한 줌 들지 않는 암흑 속에서 허우적거리는데 빠져나갈 구멍은 보이지 않고 허우적거릴수록 늪에 빠지는 것 같은."

문득 고개를 돌린 나는 돌처럼 굳어버린 기표를 보고, 피식 웃어버렸다.

"내가 과몰입했네. 미안. 선배는 이해할 수도 없을 건데."

"아니, 그게 아니고."

기표는 말을 더듬었다.

"괜찮으니까, 애쓰지 마. 아무리 애써도 내가 선배가 될 수 없듯이 선배도 내가 될 수 없잖아."

쩔쩔매는 그가 안쓰러워 오히려 내가 위로해야 될 지경이었다.

"들어줘서 고마워. 이렇게 말하고 나니 후련하네. 맥주 한 잔 마시자."

나는 벌떡 일어나 냉장고로 가면서, 후회했다. 후련한 건 사실이었다. 그러나 끔찍한 가족사가 말이 되어 입 밖으로 나오는 순간 신파극처럼 들리는 것에 놀랐다. 처음 꺼내는 이야기를 마치 브리핑이라도 하듯이 간단히 요약 정리하는 자신이 징그러웠다. 후련했지만, 씁쓸했다. 잠시 후, 인기척이 느껴지더니 기표가 뒤에서 두 팔로 나를 끌어안았다.

"미안해."

"왜? 선배가 왜 미안해?"

"너무 몰라서."

내가 돌아서려고 몸을 비틀자, 기표의 팔에 더욱 힘이 들어갔다. 그의 심장이 빠르게 고동치는 게 등에서 고스란히 느껴졌다.

*

부재보다 더 강력하게 존재를 증거하는 것이 있을까.

물방울이 튀고 냄비 뚜껑이 푹푹 김을 뿜으며 들썩이고 경쾌하게 도마 위를 달리던 칼질 소리, 투명커튼처럼 배경에 흐르던 음악 소리, 웃고 떠들면서 리듬을 만들어내던 목소리가 사라졌다. 음식 냄새도 희미해졌다. 냄새와 소리가 사라지자, 침묵과 냉기가 빈 수조를 채우듯 밀려들었다.

"곧 아버지 환갑인데 가야 되나, 말아야 되나."

기표가 자문자답하는 소리를 들은 건 동거하기 전이었다. 그러나 사기 사건 이후 기표는 가지 않겠다고 했다.

"이 판국에 비행기 타고 왔다 갔다 하는 거 미친 짓이겠지?"

그랬던 그가 갑자기 아버지의 환갑잔치에 다녀오겠다고
했다. 그것 말고 또 다른 이유가 있다는 걸 나는 짐작하고 있었
다. 그날 이후, 기표는 연주의 전화를 제대로 받지 못했다. 받
더라도 침묵하는 시간이 길었고 목소리는 각이 졌다. 그럴수록
전화벨은 더 자주 울렸다. 벨이 울리면 기표의 얼굴이 일그러
졌다. 나는 자리를 피했다. 옆방으로 가거나, 집 밖으로 나갔다.
옆방에서는 기표의 말소리가 간간이 들렸다. 연주는 기표가 내
방으로 옮긴 것을 아직 모르는 것 같았다. 그날은 내가 미처 자
리를 뜨기도 전에 기표 입에서 큰 소리가 나왔다.

"뭐? 독일에 오겠다고? 회사는 어쩌고?"

한 해의 마지막 날이었다. 밤하늘을 화려하게 수놓은 조명
과 쏟아져나온 남녀의 폭발할 것 같은 에너지로 거리가 흥청거
렸다. 그날만큼은 우리도 공부를 내려놓기로 했다. 나는 음악
을 고르고 그는 요리를 했다. 엘라니 카라인드루와 밥 말리, 레
너드 코헨과 쇼팽, 산울림과 윤이상을 들으며 와인을 마셨다.
삶은 소시지와 피에로기를 넣어 만든 만둣국, 고춧가루와 참기
름으로 버무린 샐러드는 이국에서 겉도는 유학생활을 상징하
는 것 같았다.

기표는, 내가 보기와 달리 직관적이라고 했다. 처음엔 까
탈스럽게 굴어서 정나미가 떨어지려고 했거든. 그런데 선뜻 방
을 내준다고 했을 때 내 귀를 의심했잖아. 너에게 하소연한 건

억울하고 답답해서 그랬던 거지, 방을 내놓으라는 게 아니었는데. 온도 차가 너무 커서 헷갈렸다니까. 쓰다 달다 말할 처지도 아니었지만. 당장 노숙자가 될 처지라는데, 내가 만약 그렇다고 하면 선배는 모른 척할 거야? 너, 은근 허당인 거 모르지? 속은 물러빠졌는데 겉만 차돌멩이야. 내가? 까탈스럽고 못됐다고 욕먹는 스타일인데? 가면이겠지. 보호색 같은.

기표는 여러 면에서 나와 달랐다. 기표는 개괄을 필요로 했다. 지도를 펼쳐놓고 도상훈련을 하는 전쟁터의 지휘관처럼 경우의 수를 고려하면서 꼼꼼하게 따지는 타입이었다. 매사에 신중했다. 무서워서 그러는 거야. 맷집이 없는 사람들이 신중한 법이거든. 다칠까봐.

그날, 기표가 어떤 경우의 수를 고려했는지는 알 수 없었다. 좋아하는 음악이 같다는 게 그토록 기뻐할 일인지, 우리는 자주 웃었고 쉬지 않고 떠들었고 알게 모르게 자꾸 부딪치고 있었다. 그리고 서로 마주 보고 있다고 느낀 순간, 입술이 닿았다.

*

도착하면 메일을 보내겠다던 기표로부터는 연락이 없었다. 어디에도 물어볼 곳이 없었다. 질문은 내게로 향했다.

너는 누구니?

나는 너에게 누구였니?

그대로 덮어버릴 생각도 했다. 나 자신을 속이는 것은 내게 익숙한 것이었다.

그럼에도 안 되는 게 있었다.

보이지도 않고 형태도 없던 것들이 부득부득 되살아나 발을 걸었다. 마음을 연다는 게 대화가 통한다는 게 무엇인지 비로소 알게 해주었던, 대책 없이 나를 따뜻하게 감싸던 말들. 말은 비눗방울처럼 둥둥 떠다녔다. 나는 비눗방울에 걸려 넘어졌다.

그때 누나라고 부르던 상운이 떠올랐다.

유럽 배낭여행 중 기표와 연락이 닿아서 마르부르크에 들렀다고 했다. 동아리 후배라고 했지만 나는 얼굴도 기억나지 않았다. 그래도 같이 맥주나 한잔하자고 해서 기표의 집에 잠깐 들렀었다.

나는 대학 시절 동아리 인터넷 카페를 뒤져 그의 메일주소를 찾아냈다. 사흘 후 답장이 왔다.

형이 안기부에 끌려간 것 같아요.

그건 그동안 숱하게 썼다 지웠던 가상의 시나리오 어디에도 없던 것이었다.

나는 곧바로 한국행 항공권을 끊었다.

지금도 녹아 흐르는 이 몸을 보아라.

여기 구덩이에 모여 들끓는 진창을 보아라.

가벼운 호기심은 무위의 공간을 채우는

새들에게 물어라.

의미 없이 지는 꽃들에게 가라.

너는 누구냐. 아직도 이곳을 배회하는 나는 누구냐.

시작하는 모든 것에 축복과 저주가 있으라.

하얀 요새의 도시

|

베오그라드

버스는 새벽 다섯 시에 온다고 했다. 도어 투 도어 버스를 마르코가 예약해주었다. 집 앞에서 픽업해서 목적지까지 데려다주는 합승미니버스 같은 거라고 했다.

밤새 뒤척이던 나는 새벽에 잠을 깼다. 어둠 속에서 눈을 뜨며 떠오른 생각은, 왜 가야 하나? 였다. 마침내 찾았다고 생각한 따뜻한 둥지에서 쫓겨나는 기분이었다. 등이 시리고, 서러워졌다. 누구도 나의 등을 떠밀지 않았다. 그렇다고 서러운 마음이 가라앉는 건 아니었다. 자그레브는 여행의 종착지였다. 말이 통하지 않는 마르코의 노모와 어린아이처럼 손짓 발짓을 하며 지내는 것이 이 여행에서 내가 세운 계획의 전부였다. 마르코의 스스럼없음이 이곳까지 나를 불렀으나 이제는 그것이 나를 밀쳐내고 있었다. 인간이란 몇 생을 거듭해도 결국 같은 자리를 맴돌 뿐인가. 애정이 깃드는 곳조차 그런 걸까. 마르코의 사소한 말 한마디, 몸짓 하나도 기표를 떠올리게 했다.

마르코가 계단을 내려오는 소리가 들렸다. 버스가 도착했나 싶어 몸을 일으켰으나, 마르코는 말없이 부스럭거리며 뭔가를 먹고 올라갔다. 다시 누웠지만 잠은 달아난 뒤였다. 그대로 일어나 옷을 갈아입고 짐을 챙기는데, 마르코가 또 내려왔다.

"버스가 곧 도착한대."

캄캄한 어둠 속 버스에는 어떤 사람들이 타고 있을까. 불법적인 사설버스는 아닐까. 도어 투 도어라는 말에 혹해서 어제는 생각지도 못했던 의구심이 뭉게뭉게 피어올랐다. 지금이라도 다 그만두고 싶었다.

"버스에 남자들만 있는 거 아닐까?"

외투를 입으며 불안한 목소리로 묻자, 마르코는 "운 좋게도 아홉 명만 타는 버스야" 대답하고는 그대로 계단을 올라갔다. 도대체 뭐가 운이 좋다는 거야? 남자들이 아홉 명이나 돼서? 아니면 겨우 아홉 명이라서? 휴대폰 플래시를 켜고 어두운 계단을 더듬더듬 내려가는데, 찔끔 눈물이 날 것 같았다. 불면증 환자를 괴롭히고 싶지 않아서 배웅 같은 건 필요 없다고 했지만, 새벽길을 떠나는 사람을 쳐다보지도 않고 방으로 올라가버리는 마르코가 야속했다.

시월 하순의 새벽 다섯 시는 한밤중이나 다름없었다. 10분이 흘렀건만 아무런 기척도 없었다. 곧 온다던 버스는 40분이나 지나서 나타났다. 기사가 나의 배낭을 짐칸에 실으며, 오는 중에 일이 생겨서 늦었다고 변명을 했다. 저음의 정중한 목소리였다.

　버스에는 하얀 단발머리의 할머니 혼자 타고 있었다. 텅 빈 차가 아닌 것도 마음이 놓였는데, 그 사람이 할머니여서 더욱 안심이 되었다. 다음 장소에서는 젊은 남녀가 버스를 기다리고 있다가 남자만 차에 탔다. 두 사람은 차창을 사이에 두고 멀어지는 내내 손을 흔들었다. 다음에는 세 사람의 체중과 맞먹을 만큼 뚱뚱한 할머니가 노신사의 배웅을 받으며 탔고, 다음 승객도 중년 여자였다. 젊은 남자 한 명을 제외하고 모두 나이 지긋한 여자들이었다. 그것이 단단히 움츠리고 있던 나의 어깨를 풀어주는 동시에 질문 하나를 떠올리게 했다. 여자들은 어째서 새벽부터 이렇게 바쁜 걸까.

　국경에 도착한 건 아침 햇살이 잠든 대지를 깨울 무렵이었다. 고속도로 톨게이트같이 생긴 검문소에서 기사가 승객들 여권을 내밀자 스탬프를 찍은 후 돌려주었다. 크로아티아 출국 도장이었다. 조금 더 가니 세르비아 측 검문소가 나타났고 또 스탬프를 받았다.

　한 시간쯤 더 달리자 휴게소가 나타났다. 사람들은 화장실을 다녀오고 기사는 차비를 걷었다. 창밖을 바라보고 있는 내게 하얀 단발머리 할머니가 쪼글쪼글한 입을 하 벌리고 웃으며 무슨 말인가를 했다. 당연히 알아들을 수 없었다. '내 평생 동양 여자는 처음 보네. 너는 어디서 왔니?' 나는 이렇게 번역을 하고 할머니가 알아듣건 말건, 코리안이라고 말해주었다. 할머니는 여전히 웃음 띤 얼굴로 알았다는 듯 고개를 끄덕였다.

세르비아 땅으로 들어왔음을 거리의 간판이나 이정표의 키릴문자가 말해주었다.

차창 밖으로 주택가 풍경이 나타나는가 싶더니 낡고 허름한 저층 아파트 단지로 버스가 진입했다. 가로수 아래에 무릎이 나온 추리닝 바지를 입은 십대 소년이 두 팔로 가슴을 감싸고 서 있었다. 단발머리 할머니를 마중 나온 소년이었다. 할머니와 소년은 양볼에 키스를 하고 가벼운 입술키스도 나누었다. 발칸의 인사법인가? 나는 차창에 바짝 붙어서 그들을 바라보았다. 그렇게 승객들이 하나둘 그들의 도어 앞에 내렸다. 뚱뚱한 할머니는, 역시 뚱뚱한 중년 여자가 마중을 나왔다. 물어볼 것도 없이 모녀지간이었다. 한때는 같은 나라였으나 어느 순간 적국이 되어 등 돌리고 있지만, 핏줄은 그런 것과 상관없다는 걸 나는 보고 있었다.

모든 걸 포기해버리고 싶게 만들던 두려움과 공포는 아침 햇살과 함께 이슬처럼 사라졌다. 호텔에 체크인을 하면서 나는 매니저에게 비셰그라드행 도어 투 도어 버스에 대해 물었다. 돌아온 대답은, 없다였다. 성수기가 아니어서 대도시를 연결하는 버스만 운행되고 있으니, 버스터미널에 가서 알아보라고 했다. 키가 얼마나 큰지 농구선수 같았다.

베오그라드 거리를 돌아다니면서 나는 그의 키가 평균치

라는 걸 알았다. 세르비아 사람들은 어때? 내가 물었을 때 마르코의 대답은, 키가 커. 무척 커, 였다. 민족성이나 기질, 이런 대답을 기대했던 나는 고작 키 얘기를 하나 싶었는데, 와서 보니 그럴 만했다. 세르비아 사람들은 정말 컸다. 키가 크니 건물도 컸고, 모든 게 컸다. 국경선을 넘었을 뿐인데, 국경이라고 해봐야 만리장성이 가로막고 있는 것도 아닌데, 체격이 이토록 다르다는 게 불가사의했다. 민족성이나 기질, 이런 것보다 더 분명한 물리적 충격이었다. 오랜 세월 부대끼며 살다 보면 피가 섞이고 그러다 보면 민족이란 개념도 희미해지고 그래서 한때나마 연방을 이루고 살았던 게 아닌가. 비록 문자가 다르고 종교가 다르다고 해도 말이 거의 비슷한 것은 그 때문이 아니겠는가. 그런데 국경을 넘자마자 갑자기 침엽수림에 들어온 듯 체격부터 다른 사람들을 보자 예상치 못한 충격파가 밀려왔다. 부드러운 껍질 속에 감춰진 완고하고 딱딱한 알맹이를 와락 깨문 것 같았다.

*

마르코가 베오그라드에서 가장 가볼 만한 곳이라고 했던 칼레메그단은 거대한 요새였다. 1세기 무렵 로마인들이 성과 요새를 짓기 시작한 이후 켈트족, 비잔틴에 이르기까지 무너지고 복원되기를 거듭하다가 오스만제국이 비잔틴을 물리치고 점령한 후 요새는 방치되었다. 18세기 초에는 오스만제국을 무너뜨린 오스트리아가 철벽처럼 단단하게 요새를 수리했으나, 1, 2차 대전 사이 눈부시게 발전한 대포와 요격기에 의해 또다시 파괴되고 무너지기를 반복했다. 간신히 버티고 있던 요새가 돌이킬 수 없이 황폐해진 건, 최후의 일격과도 같은 나토의 집중공습 때문이었다.

강 언덕에 세워진 요새는 그 넓이를 가늠할 수 없었다. 아치 형태의 돌문을 지나면 또 다른 돌문으로 계속 이어졌다. 미로처럼 이어지는 돌문 사이에는 거대한 건축물의 형해가 흩어져 있어서, 요새라기보다는 성이 아니었을까 싶었다. 돌과 벽돌로 쌓은 성벽은 그 위에 사람이 큰 대자로 누워도 될 만큼 두꺼웠다. 요새는 말단 비대증 환자처럼 점점 영역을 넓혀가다가 이토록 거대해진 것이었다.

칼레메그단은 창과 방패처럼 갈수록 첨단화되어가는 화기에 대응해 철옹성처럼 점점 몸을 불려가는 요새의 변천사를 보여주는, 인류 전쟁사의 집적물 같았다. 1세기부터 불과 20년 전 유고 내전에서 죽어간 병사들까지, 그 시신들이 켜켜이 지층을 이루며 쌓아 올린 요새였다.

거대한 초식동물이 최후를 마친 곳에 수목이 우거지듯, 이제는 시민들을 위한 공원이 되어 있었다. 무너진 성벽과 잡풀로 덮인 참호, 포탄 없는 포대는 아둔한 인류를 조롱하는 설치미술처럼 보였다.

성벽 아래로는 잔디밭이 펼쳐지고 버드나무들 사이로 난 오솔길은 강으로 이어졌다. 독일과 헝가리를 종단하는 도나우 강과 발칸반도를 적시는 사바강이 합수하는 곳이었다. 사금파리처럼 반짝이는 강물은 무념무상이었다.

나쟈가 너를 안내해주지 못해서 미안하다고 전해달래. 나쟈는 박사학위 논문 때문에 파리에 가 있다고 했다. 이곳이 나쟈가 사는 곳이구나, 생각하던 나는 마치 사바강과 도나우강처럼 각자 다섯 시간을 달려서 마르코의 집에서 만났던 날을 떠올렸다.

마르코도 그랬고, 나쟈도 그랬다. 그날 밤 그녀가 그토록 다급하게 마르코의 집에 온 것은 국경이 닫힌다는 소식 때문이었다고. 그러나 내가 베오그라드행 차편을 알아볼 때 그 어디에도 국경이 닫힌다는 소리는 없었다. 마르코가 이미 말했듯이, 국경이 닫히는 건 난민들을 향한 메시지였다. 그건 나쟈도 알고 있었을 것이다. 나는 국경과 인종과 언어를 넘어 육감으로 나쟈가 나를 경계하고 있다는 걸 느꼈다. 그날 내가 과도하게 웃고 떠들며 나 자신의 무해함을 온몸으로 증명하고자 했던 건 본능적인 방어심리가 시킨 것이었다.

요새를 내려온 나는 대로를 건너 시내로 접어들었다. 크네즈 미하일과 스카다리야 거리는 모던한 감각의 카페와 최신 유행의 숍들이 줄지어 있었다. 잠시 후 나는 방향을 잃어버렸다는 걸 깨달았다. 길을 잃고 미로에 갇히는 악몽은 꿈에서만이 아니라 현실에서도 되풀이되었다. 방향에 관한 한 절망적일 정도여서, 남들은 다 가지고 있는 부속 하나가 빠진 게 아닌가 싶을 때가 많았다. 긴 은둔의 세월 탓인지도 몰랐다.

장기수들이 감옥에서 나오면 거리감각을 상실하곤 한다는 걸 책에서 읽은 적이 있었다. 대로를 건널 때 달려오는 차가 얼마나 먼 곳에서 오는지조차 가늠하지 못해 사고를 당하거나 욕을 먹는다고 했다. 재일유학생 간첩단 사건에 엮여 19년간이나 감옥생활을 한 서승 선생이, 사람 사이의 거리감에 대해 토로하는 걸 들은 적이 있었다. 감옥에서 나온 그는, 엄청난 인파 사이에서 저 많은 사람들이 어떻게 부딪치지도 않고 걸어 다니는지 놀랐다고 했다. 그리고 자신에게 다정하게 안부를 묻는 여인들의 말이 그저 인사치레인지 우정인지 애정인지 가늠이 잘 안 된다며 각별히 부탁했다. 여인들이시여, 혹여라도 자신이 우정을 애정으로 착각하거든 친절하게 알려주시라.

해가 지고 퇴근길을 서두르는 키 큰 사람들 사이에서 나는 털이 부얼부얼한 개 한 마리를 데리고 여유 있게 걸어가는 청년을 발견했다. 그에게 기차역을 물었다. 기차역만 찾으면 호텔로 돌아가는 길을 알 것 같았다. 뜻밖에도 청년은 역까지 같이 가주겠다고 했다. 저녁을 먹고 산책을 나온 터라 시간이 많다는 거였다.

그는 자신의 이름이 알렉산더라고 했다. 거대한 이름처럼 덩치도 컸다. 그는 자신이 나쁜 사람이 아니라는 걸 증명하려는 듯 마트에서 일하고 있으며 마침 쉬는 날이라고 했다. 청년답게 호기심이 많았다. 그는 베오그라드에는 왜 왔느냐고 물었다.

"그냥 여행 왔어."

"여행 올 만한 곳이 아닌데. 솔직히 말하면, 볼 것이라고는 없는 나라거든."

그의 말은 맞기도 하고 틀리기도 했다. 볼 것이 더 있다고 해도 나는 이 도시를 떠나고 싶었다. 회색빛 도시 못지않게 사람들 표정도 어둡고 음울해 보였다. 그래서 알렉산더의 친절이 더욱 고마웠다. 그 덕분에 이 도시가 일상을 사는 사람들의 도시로 다가왔다.

"네가 사는 곳이라서 그렇게 생각하는 거 아닐까? 너는 어디에 가보고 싶어?"

"난, 미국에 가보고 싶어."

"거긴 왜?"

"보고 배울 게 많은 나라 같아서."

"세르비아는 미국에 대해서 감정이 좋지 않은 것 같던데."

"우리나라를 공격해서? 그건 미국이 아니고 나토야."

"그게 곧 미국이야."

"그런 건 잘 모르겠어. 그래도 미국은 궁금해."

"넌 전쟁 이후에 태어났겠구나."

"그래도 전쟁에 대한 이야기를 넌더리 나게 많이 들었어.

삼촌이 전쟁에서 팔 하나를 잃었거든."

"그때 태어나지 않은 게 다행이야."

"정말 그래. 하지만 코소보와는 아직도 전쟁이 끝나지 않았어."

"왜 코소보를 놓아주지 못하는 거지?"

"거긴 원래 세르비아 땅이거든."

"원래?"

나는 조금 아연해졌다. 원래는 언제를 말하는 걸까. 알렉산더의 말은 너무 단순해서 과격하게 들렸다.

"원래 자기 땅을 찾으려고 한다면 전쟁은 끝이 없을 거야."

"문제는 뒤에서 조종하는 알바니아인들 때문이야. 코소보는 원래 세르비아 땅인데, 알바니아인들이 많이 살고 있다는 걸 구실로 독립하려는 거거든."

"그것 때문에 전쟁이 일어난다면 넌 나가서 싸울 거니?"

"전쟁은 나도 싫어. 하지만 코소보에는 우리 세르비아 정교의 성지들이 많기 때문에 절대로 뺏길 수 없는 곳이야."

나는 그에게 세르비아군이 저지른 학살에 대해서도 알고 있는지 묻고 싶었지만 입을 다물었다. 그건 마르코가 단단히 주의를 준 것이었다. 그때 나는, 도대체 내가 누구하고 그런 얘기를 하겠어? 코웃음을 쳤다.

*

"베오그라드에 가면 스레브레니차란 말을 입에 올리지
마."

　주방 식탁에서 내가 노트북으로 여행지 검색하는 걸 들여
다보던 마르코가 한 말이었다. 스레브레니차, 처음 듣는 말이
었다.
　하지 말라는 말은 하라는 말보다 더 강력하다. 자그레브를
떠나기 전날 밤, 나는 침대에서 뒤척이다가 노트북을 인터넷에
연결했다.

　스레브레니차 집단학살 : 스레브레니차 집단학살은 1995년
7월 라트코 믈라디치 장군이 이끄는 세르비아 군대에 의해 보
스니아인 8천여 명이 집단 살해당한 사건이다. 1989년 세르비
아의 대통령으로 선출된 밀로셰비치는 극단적인 세르비아 민
족주의를 주장하며 유고 내전을 일으킨다. 세르비아 인종만이
우월하며, 세르비아인들만 옳다는 터무니없는 민족 인종주의
는 1991년부터 약 5년간 크로아티아와 보스니아에서 30만 명
이상이 사망하는 참혹한 내전을 일으켰으며 1998년에는 다시
코소보-알바니아 사태를 야기해 85만 명의 전쟁이주민을 발생
시켰다.

    그중에서도 스레브레니차 학살이 문제되는 것은 유엔에
의해 안전지대로 선포되었음에도 불구하고 계획적으로 이슬
람이라는 종교적 정체성을 근거 삼아 민간인들을 집단으로 학
살했기 때문이다. 스레브레니차는 특히 세르비아가 전략적으
로 탐냈던 지역이었다. 세르비아군은 1992년 스레브레니차를
강점한 채 보스니아인들을 죽이고 추방했다. 이때 죽은 이들이
3만 명에 이른다. 그들은 전쟁의 결과로 어쩔 수 없이 죽은 게
아니었다. 종교적 정체성을 선별하여 제거하겠다는 계획이 먼
저 있었다. 이슬람교도를 제거하겠다는 계획 아래 세르비아군
은 군인과 민간인, 남녀, 성인 어린이를 가리지 않고 종교적 정
체성만을 근거 삼아 무차별 학살했다. 살해당한 이들은 대부분
남자와 십대 소년들이었으나 15세 미만의 소년, 65세 이상의
남자, 아기도 끼어 있었다.

*

당시 세르비아군에게 내려진 명령은,
"스레브레니차 거주민들에게 생존의 희망도 느낄 수
없도록 불안한 상황을 제공할 것!"이었다.

1948년 제주도의 토벌군에게 내려진 명령은,
"모조리 다 쓸어버려라"였다.

*

뒷마당 돌담 옆 공터에는 죽은 고목 한 그루가 있었다.

엄마는 그 나무를 베어버리고 싶어 했다. 그러나 그건 타지 사람이 할 수 있는 일이 아니었다. 마을 사람들은 고목을 함부로 건드리면 동티 난다고 손도 대지 못하게 했다.

"이게 무슨 나무인데?"

"먼나무야."

"무슨 나무?"

"먼나무. 봄이면 양떼구름처럼 하얀 꽃이 뭉게뭉게 피고, 가을이면 보석처럼 빨간 열매가 달리지."

그러나 죽어 고목이 된 나무는 양떼구름 같은 꽃을 피우지도 않았고 보석 같은 열매를 매달지도 않았다. 그래서일까. 먼, 먼이란 말이 내게는 눈이 멀었다는 말처럼 들렸다.

오빠는 하필 엄마가 제일 싫어하는 먼나무에 목을 맸다.

어린 나는 아버지에게 무슨 일이 있었는지 알지 못했다. 오빠는 그걸, 가슴에 인두로 지지듯 가르쳐주고 떠났다.

아버지는 퉁방울이라는 별명이 붙을 정도로 눈이 툭 튀어나왔는데, 그게 다 세상이 무서워서 그렇게 된 거라고 술이 취하면 같은 말을 되풀이했다. 세상은 이리 뒤집혀도 저리 뒤집혀도 무섭더라고 했다. 무식한 놈은 그저 낮게 엎드려 숨만 쉬어야 된다고, 고함을 쳤다. 술이 깨면 겁에 질린 개처럼 꼬리를 말았다. 고향을 떠나 버스도 닿지 않는 전라도 깊은 바닷가 외딴집에 귀양살이하듯 숨죽이고 살았다. 그러나 옴팡집 사내가 술만 취하면 미친 짐승이 된다고 온 마을 사람들이 다 알고 있다는 걸, 아버지만 몰랐다. 온 마을 사람들이 다 아는데, 나만 모르는 게 있었다.

"너네 아버지 빨갱이라며?"

국민학교에 입학해서 짝꿍이 그런 말을 했을 때, 나는 빨갱이가 술에 취해서 행패를 부리고 엄마를 때리는 짐승 이름인 줄 알았다. 엄마는 아버지가 어떤 행패를 부려도 묵묵히 받아냈다. 마치 그것이 살아가는 이유라도 되는 것 같았다. 엄마를 이해할 수도 없고 바보 같아서 화가 났다. 아버지는 그냥 미워하면 되는데, 엄마는 그러면 안 될 것 같아서 어린 마음에도 괴로웠다. 엄마는 내가 그런 모습을 고스란히 지켜보는 걸 더 고통스러워했다. 지방 소도시에서 학교를 다니는 오빠에게 나를 딸려보내려고 애썼으나, 오빠는 냉정하게 고개를 저었다. 고등학교를 졸업한 오빠는 말단 공무원 시험에 도전했지만, 계속 떨어졌다.

술병 때문에 통방울 같은 눈이 알전구처럼 노랗게 변한 아버지가 가래 끓는 소리로 중얼거렸다.

"흥, 공무원? 언감생심."

일찌감치 세상 물정에 눈을 뜬 오빠에게 아버지의 잔소리는 주정뱅이의 헛소리일 뿐이었다. 오빠는 집에서는 쌀쌀맞고 거만했지만 밖에 나가면 눈치와 수완이 좋았다. 고등학생 때부터 온갖 일을 하며 밑바닥을 굴러다닌 덕이었다. 꽤 큰 상회의 사장 눈에 든 오빠는 그곳에 취직해서 월급이라는 걸 받기 시작했다. 처음 몇 달은 집에 월급봉투를 들고 왔다. 다달이 돈을 벌어본 적 없는 식구들에게 오빠는 말 그대로 집안의 기둥이었다. 봉투 안에 우리도 남들처럼 살 수 있는 비법이 들어 있는 것 같았다. 알고 보니, 오빠가 그렇게 악착같이 돈을 벌었던 건 동네 여자아이 때문이었다. 오빠를 뒤따라 같은 고등학교에 진학한 여자애와 이미 동거하다시피 지냈다는 건, 여자애가 임신을 한 후에야 알게 되었다. 동네가 발칵 뒤집혔고 우리 집은 쑥대밭이 되었다. 오빠는 그 집 마당에서 온 마을 사람들이 지켜보는 가운데 죽지 않을 정도로 맞고 대문 밖으로 패대기쳐졌다.

빨갱이 새끼가 어딜 감히…….

싸구려 양복을 단정하게 차려입은 오빠는 목이 부러진 병정 인형 같았다. 오빠의 시신은 오랜 불임 끝에 먼나무가 맺은 마지막 열매였다. 마을 사람들은 먼나무를 베어버렸다.

마르부르크에서 작은 전시회에 들른 적이 있었다. 화가가 누군지도 모르고 들어간 전시장의 첫 작품을 보는 순간 나는 호흡이 가빠졌다.

8절지 크기의 에칭 작품이었다. 묘사가 얼마나 정교하고 세밀한지, 멀리서는 잘 보이지 않았다. 한 발 다가가 자세히 들여다보던 내 입에서 헉, 신음 소리가 새나왔다. 나무가 있었다. 둥치가 우람하고 가지가 무성했다. 시골 마을의 당산나무처럼 넓게 가지를 펼친 나무는 대풍년을 맞은 듯 대롱대롱 뭔가를 잔뜩 매달고 있었다.

매달린 건 사람들이었다. 축 늘어진 시신들이었다. 빽빽하게 시신을 매달고 있는 나무는 카니발적인 느낌마저 주었다. 가지마다 열매처럼 매달린 시신들과 나무 아래서 그 시신들을 쳐다보는 사람들 하나하나를 마치 눈앞에 있는 것처럼 극사실적으로 묘사한 작품들이었다. 소름 끼치도록 비정한 묘사였다. 화가는 자크 칼로(Jacques Callot, 1592~1635), 제목은 '전쟁의 슬픔'이었다. 에칭의 날카로운 조각칼이 살갗을 후벼 파고 거기에서 검은 피가 뚝뚝 듣는 것 같았다.

그들은 모른다

|

서울

김포공항에 도착하자마자 나는 정체불명의 사내들에게 포위당했다. 그들은 나를 마중 나온 가족처럼 다정한 미소를 띠며 다가오더니 속삭였다.

"변이숙 씨? 현기표 씨 아시죠?"

순간, 나는 그것이 무엇을 의미하는지 벽력처럼 깨달았다. 나는 그 자리에 얼어붙었다. 사내들은 내 어깨와 허리를 감싸며 자동차로 데리고 갔다. 자동차가 달리는 동안, 운전기사와 조수석 그리고 나의 양옆에 앉은 사내들은 한마디도 하지 않고 침묵을 지켰다. 김포공항을 빠져나온 자동차는 올림픽대로를 달렸다. 파란 하늘에 깃털 같은 흰 구름이 떠 있었고, 한강은 유장했다. 차창을 스치는 풍경은 슬프도록 태평하고, 달력 그림처럼 진부했다. 예상과 달리 자동차는 여의도를 지나쳐 강남 방향으로 계속 직진했다. 강남거리로 들어서자 양옆의 사내들이 내 뒤통수를 지그시 눌렀다. 그제야 안기부가 강남 어딘가로 이전했다는 뉴스를 본 기억이 어슴푸레 떠올랐다. 살짝 눈을 치뜨고 살펴본 신청사의 위용이 대단했다. 부드럽게 곡선을 그리며 세워진 하얀 건물이, 한 마리 학이 날개를 활짝 펼치고 비상하는 듯했다.

엘리베이터를 타고 올라가 어느 방에 들어간 후에야 사내들이 나를 놓아주었다. 고개를 들자 창문 같지 않은 창문에서 비쳐든 햇빛이 눈을 찔렀다.

넓은 방에 가벼운 점퍼 차림의 사내들이 늘어서 있었다. 도대체 이 많은 사람들이 다 뭘 하는 사람들인가. 나중에 세어보니 열다섯 명 남짓 되었는데, 각기 역할이 정해져 있는 것 같았다. 취조를 총괄하는 책임자급으로 보이는 사람과 자료 등을 찾아서 건네며 돕는 사람, 24시간 돌아가면서 나를 감시하는 사람들 그리고 폭력에 일가견이 있는 사람. 취조 중에는 두 명의 사내가 내 뒤에 바짝 붙어 서 있었다.

잠시 후, 문이 벌컥 열리고 키가 큰 사내가 들어왔다. 그는 천천히 양복 윗도리를 벗어 의자 등받이에 걸고 어깨 부분을 반듯하게 펴더니 의자에 앉았다. 누군가 누런색 표지의 파일을 그 앞에 갖다놓고 물러났다. 그는 그것은 거들떠보지도 않고 미간을 찌푸리며 나를 빤히 쳐다보더니, 턱을 치켜들며 소리쳤다.

"북한에 몇 번이나 갔어?"

결국 그것인가? 기표가 안기부에 끌려갔다는 상운의 메일을 보고, 제일 먼저 떠오른 것도 그것이었다. 그럼에도 설마,

하는 마음이 더 컸다. 너무 진부하고 상투적이지 않은가. 나는 내면의 공포에 짓눌린 나의 빈약한 상상력을 탓했다. 독일 유학생들 중 동백림사건을 모르는 사람은 없었다. 그러나 그건 1967년의 일이었다. 동서로 나뉘어 있던 베를린은 지금 통일 독일의 수도가 되어 있었다. 한반도는 아직 분단국가지만 군사독재정권은 무너졌다. 문민정부를 표방하는 김영삼 정권 아래에서 이런 일이 벌어진다는 게 믿어지지 않았다.

공포에 질린 중에도 나는 그들을 조롱하고 있었다. 무슨 대단한 일을 하는 것처럼 열댓 명씩 도열해 있는 것이나, 잔뜩 거드름을 피우는 태도가 하찮고 가식적으로만 보였다. 내가 뭐라고. 뭔가 착오가 있을 것이다. 이들은 곧 실수를 인정하고 용서를 빌어야 할 것이다. 체포영장도 없이 불법행위에 대한 적시도 없이, 국민의 기본권을 짓밟다니. 지금이 어떤 시대인데 시대착오적인 일이 버젓이 벌어진단 말인가.

"기표 씨는 어디 있나요?"

내가 되묻자 수사관은 어이가 없다는 표정으로 코웃음을 쳤다.

"아직 상황 파악이 안 되는 거 같은데?"

그는 얼굴을 바짝 들이대고 느물거리며 말했다.

"현기표를 안다고 했지요?"

구역질이 날 것 같았다. 나는 입을 꾹 다물었다.

"묻는 말에 대답합니다. 현기표, 알지요?"

"네."

"어떤 사이입니까?"

나는 감정을 자제하고 신중하자고 다짐하며 짧게 대답했다.

"대학 선배입니다."

"누가 선배인가요?"

"현기표 씨가."

"흠."

그는 자세를 고쳐앉으며 의미심장하게 고개를 끄덕이더니, 이준기 씨에 대해 이야기했다. 독일 교민 이준기가 권위 있는 주체사상 강사이며 북한의 고위급 공작원이라고 했다. 독문학에서 사회철학으로 전공을 바꾼 기표는 여러 스터디 모임에 참여하고 있었다. 그곳에서 만난 이준기 씨와는 가끔 맥주도 마시고 이런저런 도움을 받는 것 같았다. 나는 이준기 씨를 기표 때문에 알게 되었고 여러 사람들이 있는 자리에서 몇 번 본 적이 있었다. 대화다운 대화를 나눈 기억은 없었고, 그에 대한 개인적인 사연은 기표에게 들어서 아는 것들이었다.

그가 북한 공작원이라니, 그를 조금이라도 아는 사람이라면 코웃음 칠 소리였다. 그는 그저 평범한 소시민이었다. 공부보다는 독일 여자와의 연애에 빠져서 결혼하는 바람에 그냥 눌러앉은 사람이었다. 한국에서 반독재 데모에 열심이었던 건 본인도 주장하는 바였지만, 조직을 꾸리거나 앞장설 만큼 강단 있는 사람이 아니라는 건 그를 한 번만 만나봐도 금방 알 수 있었다. 그 역시 과장되게 부풀리는 말은 하지 않았다. 단지 오랜 독일 체류 경험과 다양한 동독 관련 자료를 포스터나 소소한 팸플릿까지 꼼꼼히 모아둔 덕에 유학생들과 교류가 잦았다. 그는 학생들과 맥주 한 잔 놓고 토론하는 걸 좋아했으며 가난한 유학생들을 큰형님처럼 보살펴주었다. 지적 허영심이 없지 않았지만, 비싼 자동차를 끌고 다니며 거들먹거리는 이들에 비하면 존경받아야 할 허영심이었다.

그럼에도 그들이 왜 이준기를 들먹이는지는 알 것 같았다. 그즈음 한국에서 들려오는 상황이 좋지 않았다. 학생시위에 대한 과잉강경진압으로 분신 정국이 이어졌고, 그것에 대해 시인 김지하가 쓴 〈죽음의 굿판 당장 걷어치워라〉는 칼럼과 서강대 박홍 총장의 주사파 발언이 독일 교민사회에서도 크게 화제가 되고 있었다. 그러나 비판적인 발언이 대부분이었다. 이준기 씨의 목소리가 조금 더 높았던 건, 김영삼의 3당 합당을 야합이라며 강하게 비판한 어느 교수가 그의 대학 동창이란 것 때문이었다. 그는 친구가 정부와 대학 측의 부당한 압력으로 교수직에서 해임되었다며 울분을 터뜨렸다. 그리고 얼마 후, 한국 신문에 이준기가 북한의 고위급 공작원이라는 발표가 났다. 이준기 씨가 말한 바 있던 바로 그 교수와 함께 엮인 것이다. 교민사회가 안기부의 발표를 믿는 분위기가 아니었음에도 사람들은 은근히 이준기 씨를 피했다.

정말 섬찟하다. 분단의 공포가 독일에서도 고스란히 작동하고 있다니…….

　사람들이 그럴수록 기표는 오히려 이준기 씨와 더 가깝게 지내는 것 같았다. 주위의 시선을 의식한 이준기 씨가 스스로 세상과 담을 쌓고 칩거에 들어갔으나, 기표는 그의 결백을 믿었다. 본인에게 직접 확인도 했고, 그동안 지켜본 바에 의하면 터무니없는 조작이라고 했다. 기표의 그런 행적을 낱낱이 알고 있다는 게 소름 끼쳤다. 교민사회에 이들의 프락치가 있다는 것인가. 도대체 누굴까? 아무렇지 않게 웃고 인사하던 이들 중 누군가는 우리의 일상을 감시하고 있었다는 것인가.

　"이준기가 형님처럼 보살펴줬다고? 바라는 것도 없이? 쯧 쯧, 순진하기는. 세상에 공짜가 있을 것 같아? 이준기 아내가 동독 여자라는 걸 모른다고 잡아떼진 않겠지?"

　동독 출신은 다 스파이라는 말인가? 어이가 없어서 대꾸할 말을 찾을 수 없었다. 하지만 기표가 이준기와 북한에 동반 잠입해서 공작금과 지령을 받았다는 말에는, 기가 막혀서 나도 모르게 코웃음이 났다.

　"웃어?"

　그도 덩달아 기가 막힌 표정을 짓더니, 벌떡 일어나 나의 턱을 잡고 얼굴을 바짝 들이댔다. 내가 완강하게 고개를 틀자, 뺨을 후려쳤다. 무방비상태의 나는 앉아 있던 의자 밖으로 튕겨나갔다. 뭔가 부러지는 듯 둔탁한 진동이 두개골을 울렸다. 뒤에 서 있던 사내들이 나를 붙잡아 일으켜 의자에 앉혔다. 강한 충격에 뼈마디가 풀린 몸이 헝겊 인형처럼 의자에서 자꾸만 흘러내렸다.

"쯧쯧, 코피가 나잖아. 이쁜 아가씨 얼굴에 흉 지겠네. 좋게 좋게 끝내자고."

수사관이 손수건을 꺼내서 코피를 닦아주고는 다시 한번 나의 턱을 끌어당겼다.

"현기표가 처음 유학 갔을 때부터 네가 도와줬다면서? 그러니까 독일에서 현기표 행적에 대해서는 너보다 잘 아는 사람이 없겠네. 그렇지? 이준기에 대한 정보는 이미 우리 손에 차고 넘치니까, 그건 됐고. 넌, 현기표에 대해서만 협조해주면 되는 거야."

그들은 현기표가 북한에 갔다 왔다는 걸 증언하라고 요구했다. 그들 말대로 기표가 독일에 오던 날부터 그의 유학정착을 도와준 내가 확실하게 증언할 수 있는 건, 그가 북한에 갔다 온 적이 없다는 것이었다.

"허허, 똑똑한 줄 알았더니, 아직도 상황 파악을 못하네. 좋아. 넌, 그걸 어떻게 증명할 수 있지?"

나는 다시 한번 코웃음을 칠 뻔했다. 그들 논리대로라면 그가 북한에 갔다 왔다는 걸 내가 무슨 수로 증명한단 말인가. 나는 아무 대꾸도 하지 않았다. 비슷한 말이 반복되었다. 말도 논리도 통하지 않으니 단단한 벽에 머리를 부딪치는 듯 답답했다. 이런 자들과 순환논리에 빠져 같은 말을 반복하다니, 미쳐버릴 것 같았다.

"바로 그런 논리로 현기표가 북한에 갔다는 걸 나는 증명할 수 없어요. 그러니까 갔다 왔다는 증거를 보여주세요. 그러면, 생각해볼게요."

"논리? 논리라고 했어? 유학 물 좀 먹었다고 논리를 들먹거리네? 건방지게."

그는 다시 한번 뺨을 후려쳤다. 뒤에 있던 사내들이 재빨리 나를 붙잡는 바람에 의자에서 넘어지지는 않았다. 덕분에 양쪽 뺨을 번갈아 가며 맞았다. 그들이 논리라는 말에 왜 그토록 발끈하는지는 곧 알게 되었다. 그들은 논리 너머에 있었다.

"좀 배웠다는 것들은 세상이 논리의 톱니바퀴로 돌아가는 줄 알지. 진짜 세상은 그렇게 호락호락하지 않아. 진리는 책 속에만 있는 거야. 아가씨라고 부드럽게 다뤄주려고 했는데 상황 판단을 못하니 어떡해? 이제부터 잘 생각하고 말해. 니가 좋아하는 논리를 동원해서 말이야. 알았지?"

그는 링 위의 복서처럼 목을 좌우로 돌리고 손가락 관절을 뚝뚝 부러뜨리며 말했다.

"너, 이준기가 보여주는 북한 영상 보러 갔어? 안 갔어?"

그날을 내가 분명히 기억하는 건, 기표가 평소와 달리 좀 별스러웠기 때문이었다.

"오늘 이준기 선생 집에서 북한 다큐멘터리 비디오를 보기로 했어."

"그래?"

나는 심드렁하게 대꾸했다. 내가 유학생 커뮤니티에 무관심하다는 건 기표도 알고 있었다. 표시 나게 굴지 않을 뿐 적극적으로 피하는 쪽이라는 것도. 그런데 그날, 기표는 평소와 좀 달랐다.

"같이 가자."

"왜?"

"북한 다큐멘터리라고."

"그래서?"

내 목소리에 날이 섰다.

기표가 뜨악한 표정으로 나를 쳐다보았다. 나도 뜨악하게 기표를 바라보았다.

기표가 표정을 누그러뜨리며 달래듯 말했다.

"아무것도 아니야. 그냥 북한사람들 사는 이야기일 뿐이야."

"그런데?"

"별거 아니라니까."

"별거 아닌데, 왜 가자는 거야?"

"별거 아니니까 가자는 거지."

정말 별거 아니었다. 영국 BBC 기자가 찍은 다큐멘터리는 평양시민들의 일상을 담은 것이었다. 지하철을 타고 출근하는 시민들, 능수버들 아래서 데이트하는 남녀, 아이를 자전거에 태우고 가는 아버지, 사거리에서 수신호를 하며 교통통제를 하는 여경, 식당에서 떠들썩하게 식사를 하는 남자들, 머리에 꽃을 꽂고 율동하는 남녀 어린이들, 운동장에서 매스게임을 연습하는 학생들……. 너무 평범한 일상이어서, 마치 남의 집을 몰래 들여다보는 것 같았다. 그런 걸 숨죽이고 보는 사람들이 더 이상했다.

"이게 뭐라고."

북한 비디오 상영은 독일에서는 그다지 특별한 게 아니었다. 대놓고 광고하지는 않지만 쉬쉬할 일도 아니었다. 스터디 그룹뿐 아니라 동포들이라면, 비디오든 책이든 서로 빌려주고 빌려보는 게 일상이었다. 신문이나 방송에서도 북한에 대한 기사가 심심치 않게 나왔다. 그런 것에 대해 기표와 아무렇지 않게 이야기를 나누곤 했다.

그날을 기억하는 건, 북한 다큐멘터리를 보았기 때문이 아니었다. 가고 싶지 않다는 나를 굳이 데려간 기표가 이상했기 때문이었다. 사소한 것 하나도 강요하듯이 말하지 않는 기표였다. 그런데 왜? 사실은, 모르지 않았다. 가족사를 털어놓은 게 며칠 전의 일이었다. 기표는 그런 건 별것 아니라고 말하고 싶었는지 몰랐다. 하지만 그걸 의식하는 순간, 그것은 이미 별것이었다.

그런데, 거기에 내가 모르는 뭔가가 있었단 말인가?

*

　그들은 나와 기표를 이간질하는 데 총력을 기울였다. 서로 의심하고 밀고하게 만들고자 했다. 기표와 나는 서로에게 인질이었다.

　"열 길 물속은 알아도 한 길 사람 속은 모른다잖아. 니가 알았다면 그렇게 당했겠어?"

　그들은 내가 본 북한 다큐멘터리가, 북한 공작원 교육자료라고 했다. 기표가 이준기로부터 지령을 받고 나를 포섭하려고 그곳에 데려갔다는 거였다.

　"우리는 너처럼 선량한 피해자들은 선처해줄 거야. 법에도 인정이라는 게 있거든. 넌, 현기표가 북한에 갔다 왔다는 것만 말해주면 돼."

　거짓 증언을 하라는 협박이었다.

　"우리 목표는 북한의 대남공작부지 너 같은 피라미가 아니야. 더구나 너는 선배 때문에 이 지경이 된 피해자잖아? 사람은 말이야, 아무리 곤경에 처해도 눈치만 있으면 살 수 있는 거야. 상대가 원하는 게 뭔지 재빨리 눈치를 채고 줄 건 주고, 얻을 건 얻고 그렇게 협조하면 좋게좋게 끝난다고."

　그러면 나는 무사할 수 있다고 회유했다.

　"나도 너 같은 딸이 있어서 하는 말인데, 세상은 정글 같은 곳이야. 조심해야 돼. 여자 혼자 유학을 가다니, 간도 커. 내가 부모라면 절대로 허락하지 않을 거야. 어쨌든 그 먼 나라까지 가서 힘들게 공부를 시작했으니, 어서 문제를 해결하고 다시 돌아가야지? 응? 안 그래?"

그들의 염려와 위로가 얼마나 다정한지 하마터면 눈물을 흘릴 뻔했다. 하지만 북한을 왜 간단 말인가? 우리가 가고 싶은 곳은 북한이 아니고 스위스, 영국, 프랑스였다. 북한은 생각해본 적도 없었다. 노동당에 가입하다니. 거길 가입해서 뭘 하려고? 한국에서도 정당 같은 데 가입해본 적이 없는데, 북한까지 가서 노동당에 가입하다니. 독일에는 북한 자료가 널려 있었다. 도서관에 가면 책이랑 영상이 빼곡했지만 몇 번 들춰보다가 너무 뻔하고 허접해서 두 번 보고 싶은 생각이 없었다. 그들은 유학생들이 한국에 다녀올 때 가져온 시사잡지 따위를 돌려본 것도 꼬투리를 잡았다. 그게 국가기밀 누설이라고 했다.

나의 의심은 다른 데에 있었다.

상운이 마르부르크에 나타난 건 기표가 나와 동거하기 전이었다. 기표는 상운이 왔으니 맥주라도 한잔하자고 불러냈다. 동아리 후배라고 했지만, 건성으로 동아리를 들락거린 내게는 그에 대한 기억이 희미했다. 상운도 나를 모르는 눈치였다. 갑자기 나타난 나를 보고 당황한 것 같기도 했다. 하지만 이내 누나 누나 하며 살갑게 굴었다. 맥주 몇 잔을 마신 후에는, 내

집에 놀러 가도 되느냐고 물었다. 나는 그게 좀 불편했고, 일찍 자리를 떴다.

그러나 기표에 대해 누구에게도 물어볼 데가 없을 때 상운은 더없이 고마운 존재였다. 그리고 그에게서 온 답장을 본 순간 온몸의 피가 다 빠져나가는 것 같았다.

'형이 안기부에 끌려간 거 같아요.'

그때 그를 의심했어야 옳았다. 상운이 그걸 어떻게 안단 말인가. 상운은 마르부르크의 기표 집에 열흘가량 머물렀고, 그날 이후 두 사람은 가끔 메일을 주고받는 눈치였다. 그래서 별 의심을 하지 않았다.

나는 한국행 항공권을 끊었는데, 어떡하면 기표를 만날 수 있느냐고 상운에게 물었다. 경황이 없었다는 말로는 해명할 수 없는 실수였다. 어떻게 기표를 만날 수 있느냐를 묻기 전에, 기표가 잡혀간 걸 어떻게 아느냐고 물었어야 했다. 상운은 나의 질문에 대답하는 대신, 자기가 공항으로 마중을 나오겠다고 했다. 나는 친절하게 한국 도착시간을 알려주었다.

수사관의 말이 옳았다. 나는 순진했고, 더할 나위 없이 부주의했다.

그러나 그것조차 일말의 진실일 뿐이었다. 이 파국의 시작을 따져들어가면, 내가 있었다. 기표가 연주 때문에 전전긍긍하는 걸 뻔히 알면서 나는 마치 실험실에서 관찰이라도 하듯 그를 지켜보고만 있었다.

한국으로 떠나는 날 기표가 말했다.

"이번에 한국에 가면 파혼하려고 해."

누군가와 결혼을 하고 가정을 꾸려 아이를 키운다는 상상을 나는 해본 적이 없었다. 그랬음에도 나는 기표를 말리지 않았다. 그것은 기표의 선택이고 결정이라고 생각했다. 연주와의 파혼이 나와의 결혼으로 이어진다고 생각하지도 않았다. 그것은 진실일까?

만약, 내가 기표를 잡았다면 어떻게 됐을까. 내가 알고 있는 기표는, 내가 잡아도 갔을 것이다. 하지만 모르겠다. 내가 기표의 무엇을 알고 있는지, 내가 그렇게 예단해도 되는지, 나의 진심은 무엇이었는지, 자신 있게 말할 수 있는 게 아무것도 없었다.

그들의 인내심은 오래가지 않았다. 아니, 회유와 협박, 공포와 공감은 수사기법이었다. 한 번은 부드럽게 한 번은 강하게, 풀었다 조였다, 마치 악기를 연주하듯 몸과 정신을 잠식해나갔다.

인간의 연약한 지점을 감탄할 정도로 정확히 알고 있었다. 정신이 맑을 때는 수치심과 모멸감을 자극해 인격을 허물어뜨렸고 정신이 혼미해지면 끝을 알 수 없는 공포로 몰아붙였다. 암막커튼을 친 방에서는 낮과 밤이 어떻게 흘러가는지 알 수 없었다. 밥을 주면 밥때인가보다 했고 자라고 하면 밤인가보다

했다. 밤에는 형광등을 끄고 취침등을 켜놓았다. 자나? 자는 것 같은데? 잠꼬대 소리 들었어? 아니. 잠자는 시간에도 사내 둘이 나를 감시했다. 나도 모르게 헛소리를 할까봐 깊이 잠드는 게 두려웠다. 머리가 터질 것처럼 탈진해서 까무룩 잠으로 떨어졌다가도 흠칫 놀라며 깨어나기를 반복했다. 희끄무레한 실루엣의 사내들은 저승사자 같았다. 방의 사각 모서리들이 점점 조여들어 마치 가마처럼 절뚝거리며 하염없이 어디론가 가고 있는 것 같았다. 나도 모르게 끙끙, 앓는 소리가 새어나왔다. 오한에 걸린 듯 덜덜 떨면서 무릎을 바짝 끌어안았다. 끌어안을 무릎이 있다는 게 유일한 위안이었다. 불안과 불면이 뒤범벅되어 정신이 혼미해지면 형광등이 환히 켜졌다.

밤낮을 분간할 수 없는 상황에서 취조가 이어졌다. 대답이 마음에 들지 않으면 벌을 주었다. 어린아이처럼, 두 팔을 들고 서 있으라고 했다. 팔이 후들거리고 허리가 끊어질 듯 아픈 것보다, 모멸감이 더 컸다. 팔이 조금이라도 내려오면 회초리가 날아들었다. 다리가 풀리고 기진맥진해서 쓰러지면 찬물을 퍼부었다. 몸의 각진 부분이 으스러지고 모난 부분이 깎여나가는 것 같았다. 나는 둥글어지고 있었다. 그들이 바라는 것인가. 옷이 찰싹 달라붙은 육신을 그들은 맘껏 희롱했다. 의식을 잃고 기절했다가 머리채를 휘어잡혀 깨어나면, 다시 벌을 세웠다. 유황불 속에서 담금질을 당하는 듯 입에서 쇳내가 났다.

이토록 학대를 당하는데도 살아 있는 게 신기했다. 의식이 돌아올 때면 질긴 목숨줄이, 원망스러웠다.

　내가 버틴 탓에 한 목숨이 스러졌다.
　벌을 서다가 쓰러진 날이었다. 폭포수처럼 물이 쏟아졌다.
순간 암전이 되듯 눈앞이 캄캄해졌다. 동시에 필라멘트가 끊
어지듯 귀에서 팟, 소리가 들렸다. 물을 뒤집어쓰고 나면 늘 이
명이 이어졌다. 가늘고 날카로운 소리는 신경줄을 갈기갈기
찢는 것 같았다. 머리카락은 바늘이 되어 머리통을 찔러댔다.
그날은 그것조차 끊어진 것 같았다. 거대한 진공에 갇힌 듯 먹
먹했다.
　"뭐야?"
　"피, 아냐?"
　"오줌에 피가 섞였나?"
　"아랫도리에서 나오는 거 맞지?"
　"의사 불러!"
　사산이라는 말은, 수사관들이 잠시 자리를 비웠을 때 의사
가 흘려준 말이었다.
　"10주가 넘었던데, 몰랐습니까?"
　전혀 몰랐다. 생명이 깃든 것조차 몰랐다. 나는 의사를 의
심했다. 내게서 뭘 캐내려고 저런 거짓말까지 하는가. 그도 프
락치일 것이다. 어떻게 한 생명이, 한 존재가 오는 줄도 모르게
사라질 수 있단 말인가. 그걸 어떻게 모를 수 있단 말인가. 나

는 그의 말을 받아들일 수 없었다. 그의 말을 받아들이면, 나의 끔찍한 무신경을 용서할 수 없을 테니까.

"잠깐씩 앞이 보이지 않는 건 일시적인 현상인 것 같습니다만, 혹시 시신경에 손상을 입었을지도 모릅니다."

이런 증상이 반복된다면 점차 시력이 나빠지거나 심하면 실명에 이를 수도 있으니, 여기서 나가게 되면 큰 병원에서 정밀진단을 받아보라고 했다. 여기서 나가게 되면? 그 말이 너무 아득해서 고개를 들어 의사를 바라보았다. 그는 나의 시선을 외면했다.

*

아이는 죽은 듯이 잠만 잤다. 안으면 안기고, 굴리면 엎드린 채 잤다. 욕조에 앉혀놓고 머리를 감기고 몸을 씻기는 중에도 잤다. 자는 아이의 코에 튜브를 끼워 유동식 음식을 주입했다. 신체 수치상으로는 아무 문제가 없었다. 다만 아이는 연체동물처럼 흐느적거리며 잠을 잘 뿐이었다.

처음에는 말을 하지 않았다. 누가 뭘 물어도 반응이 없었다. 아이의 눈은 허공을 향해 열려 있었고 말은 바람처럼 스치고 지나갔다. 귀를 닫은 게 먼저인지도 몰랐다. 말을 하지 않으니 표정이 사라졌다. 바람에 닳아 코가 깎이고 귀가 깎이는 모래조각상처럼 표정이 지워졌다. 먹는 것도 거부했다. 거부보다는 망각이 적확했다. 말하는 것을 잊고 먹는 것을 잊고 친구도 가족도 잊고, 눈을 뜰 이유도 잊었을 터였다. 아이는 존재를 풍화시키는 중이었다.

이런 증상이 보고된 곳은 스웨덴이었다. 난민에 대한 적대적인 인식과 여론이 끓어오르면서부터였다. 생존의 위협으로부터 탈출했으나 또다시 쫓겨날지 모른다는 불안에 시달리는 게 일상이 되었다. 아이들은 옹졸한 세상을 비웃듯 관심을 꺼버리고 깊은 잠으로 들어갔다. 아이들은 수개월에서 1년 넘게 잠에서 깨어나지 않았다. 그 숫자가 이백 명을 웃돈다고 했다.

몇몇 깨어난 아이들이 있었는데, 난민 인정을 받고 체류 허가를 받은 가정의 아이들이었다. 긴 잠에서 깨어난 아이들은, 아무것도 기억하지 못했다.

의학계는 이를 체념 증후군이라고 명명했다.

*

"조한나!"
그건 새로운 막이 열리는 신호였다.
수사관이 문을 박차고 들이닥쳤다.
"이름은 왜 바꿨어?"
"이름을 바꿨습니까? 변이숙 아니었습니까?"
"가명을 썼더라니까. 게다가 이것들 불륜이었어."

서류뭉치를 흔들며 들어온 수사관은 나를 감시하던 사내에게 억울하다는 투로 말했다.

"선배라더니?"

"동거했더라니까."

"여우 같은 년이 우릴 속였군요. 그런데 현기표가 기혼이었습니까?"

"결혼은 아직 안 했지만 약혼녀가 버젓이 있거든."

"기집애들이 혼자 유학 가는 것부터가 틀려먹었다고 생각했습니다. 멀쩡한 약혼녀가 있는 남자나 꼬시고."

"그래서 딸년들은 밖으로 내돌리면 패가망신한다고."

"박사네, 뭐네 할 때부터 헛바람 잔뜩 든 거지요."

수사관은 들으라는 듯 실컷 조롱하면서 떠들더니, 책상 위에 종이뭉치를 던졌다.

"이봐, 조한나 씨. 지금부터 조한나 씨는 참고인 신분에서 피의자로 전환되었다는 걸 알려주지."

비열한 표정으로 입술을 비죽거리던 그가 나를 노려보며 말했다.

"독일에서 공부도 하고 논리도 따질 줄 아니까, 이 말이 무슨 뜻인지는 설명 안 해도 알겠지? 그래, 바로 그거야. 현기표가 다 불었다는 거야. 네가 가명을 쓴 이유까지 말이야. 그러니 독박 쓰기 싫으면 순순히 부는 게 좋을 거야."

"현기표가 다 불었는데 뭘 더 불라는 겁니까."

수사관은 검지손가락으로 내 이마를 콕콕 찍으며 말했다.

"이 머릿속, 지금 네 머릿속에서 생각하고 있는 바로 그것들."

"내 머릿속까지 들여다보나요?"

"머릿속? 너의 무의식까지 다 보고 있어. 너는 완벽히 우리 손아귀에 있거든."

그는 종이뭉치를 내 앞으로 밀며 말했다.

"읽어봐. 현기표가 뭐라고 썼는지. 이게 너의 기억을 일깨워줄 거야. 분명히 말하는데, 마지막 기회야."

진술서에는 믿기 어려운 말들이 적혀 있었다.

독일 교민 이준기와 가깝게 된 계기는, 그가 형님처럼 많은 도움을 주었기 때문이며 그로부터 동독에 대한 자료 등을 건네받아 보면서 북한에 대한 관심이 생겼다. 독문학에서 사회철학으로 전공을 바꾼 것도 그 때문이다. 그러나 애초에 이준기로부터 주체사상에 대한 책들을 빌려본 것은 호기심 때문이었으며, 독일에 살다 보니 경계심이 흐려진 탓도 있었다. 학비와 생활비 지원을 받을 때도 순수한 호의라고 생각했다. 후일 그가 유학생들을 포섭하여 학습팀을 조직하라는 북한의 지령을 전달할 때에야 그 돈이 북에서 온 공작금이란 걸 밝혔다. 조직을 꾸리라는 지령을 받은 후 대학 후배 변이숙에게 접근했다. 변이숙은 빨갱이라고 손가락질받으며 죽은 아버지와 오빠 때문에 남한체제에 대해 뿌리 깊은 반감을 가지고 있었다. 조직활동에 합류하면서 변이숙은 조한나라는 가명을 쓰기 시작했으며 그 이후에 동거를 하게 되었다.

혀를 깨물고 싶었다. 뭐라 말할 수 없는 복잡한 감정들이 뒤죽박죽 들끓으며 휘몰아쳤다. 누구를 향한 것인지 모를 모멸감과 슬픔으로 온몸이 화끈 달아올랐다. 그러나 앞뒤 논리도 맞지 않고 변명이 늘어지는 문장은, 기표의 것이 아니었다. 문장 사이마다 숱한 망설임으로 흔들리는 게 보였다. 뒤에는 이준기로부터 학습했다는 주체사상에 대한 내용이 이어졌다. 분량이 적지 않았고 내용도 일목요연했다. 제아무리 주체사상에 통달한 박사라 해도 아무런 자료 없이 이토록 구체적으로 쓰는 건 불가능했다. 무엇보다 앞부분의 진술과 문장이 달랐다. 책을 읽고 요약정리한 것이란 게 문장에서부터 확연히 드러났다. 그렇다면 취조실에서 공부했다는 말이 된다. 안기부에서 주체사상 책을 독파하고 있는 그의 모습을 떠올리니, 기가 막혔다. 이보다 더한 부조리극이 있을까.

모두 거짓이었다. 기표는 독일에 오기 전부터 자신의 전공을 결정했다.

하지만 조한나라는 이름은 왜? 오직 둘만 알고 있는 이름을, 도대체 어떤 빌미로 발설한 것인가?

*

나에게는 3년 형이, 기표에게는 4년 6개월 형이 확정되었다. 우리의 공소사실을 뒷받침하는 증거라고는 나와 기표의 진술서가 다였다. 우리의 진술서는, 서로의 것을 보면서 그들이 지적하는 대로 상황과 시기를 맞춰가며 수십, 수백 번도 넘게 고쳐 쓴 것이었다. 오고 가는 진술서를 통해서 나는 기표의 의식을 헤아려보려고 온 신경을 곤두세웠다. 점자를 읽듯이 손끝으로 글씨를 더듬고, 맥을 짚듯이 행간을 읽고자 했다. 그러나 필체에 서린 숨결은 가뭇없이 사라졌고 글자는 무심했다. 갈수록 미궁으로 빠지는 문맥을 따라가노라면 현기증이 일었다. 진술서가 한 번씩 오고 갈 때마다 예리한 실톱으로 나사의 톱니를 가는 것 같았다. 우리의 진술은 저들의 설계도를 따라 조금씩 맞아들어가고 있었다. 자신의 혐의에 대한 변명은 구차해졌고, 상대에 대한 의구심은 짙어졌다. 상대의 표현이 미세하게 바뀌는 부분을 예민하게 감지했고 그것보다 더 예민하게 반응했다. 처음에는 완강하게 부정했던 것들이 차츰 미심쩍었다, 미처 알아채지 못했다, 잘 몰랐다는 식으로 한 발씩 빼고 있었다. 그렇게 우리는 서로를 갉아먹으며 완벽하게 맞물려 돌아가는 톱니바퀴가 되어 있었다.

참고인 신분이었던 나는 단지 가명 때문에 피의자가 되었다. 정말 그럴까? 그들은 가명이 아니었어도 어떻게든 나를 얽

어맸을 것이다. 확고한 물증이 없을 때는 피의자의 자백이 중요한데, 한 사람의 자백만으로는 증거로 채택되기 어렵다. 하지만 관련 피의자의 증언이 있으면 증거능력을 갖추게 된다. 그렇게 우리의 진술은 서로를 옭아매는 올가미가 되었다.

기표나 이준기와 대질시켜달라는 요구는 받아들여지지 않았다. 독일 시민인 이준기를 소환하는 건 가능한 일도 아니지만, 애초에 그들 안중에도 없었을 것이다. 북한 비디오에 대한 묘사는, 북한 방문에 대한 증거자료가 되었다.

국가체제를 전복하려는 음모는 중형에 처해야 마땅하나, 독일 물정을 잘 모르는 순진한 유학생들이어서 형량을 감해준다는 선고는 감동적이었다. 순진한 유학생들이 전복할 수 있는 국가라면, 차라리 전복되는 게 낫지 않을까.

기표는, 재판에 기대와 희망을 가졌던 것 같았다. 심문 과정에서 강압과 가혹한 인권탄압이 자행되었으며 진술서는 모두 그들이 불러주는 대로 쓴 거짓이라고 폭로했다. 허위진술서를 작성하게 된 결정적인 계기는, 모니터를 통해 고문당하고 있는 나를 보았기 때문이며 나를 풀어준다는 약속을 믿고 협조한 것이라고 호소했으나, 모두 배척되었다.

물방울 하나 튕기지 못하는 가련한 날갯짓이었다.

법정은 어릿광대들의 무대였다. 그대로 브로드웨이로 옮겨놓으면 훌륭한 블랙코미디로 격찬받았을 것이다. 단연 압권은,

우리 사건을 다룬 한 시사잡지의 기사가 정황자료로 채택된 것
이었다. 검찰이 흘려준 정보를 그대로 받아쓴 것이 판결에 영
향을 줄 수 있는 중요자료로 채택되는 걸 다들 멀뚱거리며 보
고만 있었다. 불이 나서 집이 탄 게 아니라 집이 타버린 바람에
불이 났다고 하는데도, 고개를 끄덕이며 경청했다. '마타하리처
럼 이름까지 바꾼', '독일 유학생들의 난잡한 성생활'이라는 말
이 화살처럼 날아와 뇌리에 박혔다. 할 수만 있다면 저들은 사
산된 핏덩이마저 증거로 제출했을 거였다.

　　판결문 내용도 그에 못지않았다. 재판장은 안기부에서 작
성한 조서를 거의 그대로 베낀 것이나 다름없는 판결문을 천연
덕스럽게 읽었다. 이준기 씨에 대한 안기부 발표를 믿지 않았
다는 기표의 진술에 대해서는 근엄하게 일침을 놓았다.

　　국가의 발표를 믿지 않는 사람들은 그 사상이 의심스러울
수밖에 없다.

　　　　　　　　　　　*

　　감옥으로 편지 한 통이 날아온 것은, 기결수가 된 지 1년여
가 지날 무렵이었다. 교도소장이 방으로 부르더니 커피를 타주
었다. 커피잔을 내려놓고 두 손을 비비던 그는 어쩔 수 없다는
듯 책상 위에 놓여 있던 누런 서류봉투를 내게 내밀었다. 봉투

는 검열을 마치고 개봉된 상태였다. 발문서와 현금이 들어 있는 흰 봉투, 그리고 편지였다. 편지는, 엄마의 유서였다.

내가 감당할 수 있는 건, 여기까지인 것 같구나. 너에게만은 이런 말을 하지 않으려고 애를 썼는데……. 네 외할머니가 어린 나와 동생을 두고 숨을 거둘 때도, 꼭 그렇게 말하는 것 같았다. 그게 얼마나 원망스럽던지…….

엄마는, 내가 나올 때까지 기다리지 못하고 먼저 가서 미안하다고 쓰고 있었다. 나는 난독증에 걸린 아이처럼 고개를 갸웃거렸다.

안쓰럽게 나를 지켜보던 소장이, 헛기침을 하며 말했다.

"그리고 이런 소식을 전하게 되어 정말 유감입니다만, 오늘 어머니께서 돌아가셨다는 연락을 받았습니다."

엄마가 이토록 주도면밀한 사람이었던가. 엄마는 내가 편지를 받을 시점과 자신의 죽음을 맞췄던 것이다.

나는 엄마의 장례를 위해 특별 귀휴를 받아 집으로 내려갔다. 엄마의 시신은 병원 영안실 냉동고에 있었다. 염을 한 후 장례식도 없이 화장을 했다. 유골함을 들고 택시에서 내리는 나를 마을 사람들이 역병 환자 보듯 쳐다보았다.

유골함은 따뜻했다. 엄마를 품에 안은 나는 허리를 꼿꼿하게 세우고 마을 길을 걸었다. 싸늘한 물길을 가르듯 괴괴한 침묵을 거스르며 걸었다. 이들의 시선 하나하나가 비수처럼 엄마의 가슴팍에 꽂혔을 것이다.

그날도 엄마는 여느 때처럼 물질을 갔다고 했다. 마을 아낙들이 물질을 끝내고 돌아가려다가 엄마 옷이 그대로 있는 걸 발견했지만, 그런 날이 많았으므로 무시했다. 따돌림을 당했다는 말을, 이장은 하지 않았다. 다음날 물질을 하려고 몰려든 아낙들이 또다시 엄마 옷을 발견했다. 옷이 놓여 있는 위치가 전날과 똑같았다.

바다에서 건진 엄마는 평소보다 두 배 이상 무거운 납 띠를 매고 있었다. 이장은 차마 자살이라는 말을 입에 올리지 못했다.

나를 화장해서 고향 바다에 뿌려주겠니?

나는 바닷가로 향했다. 하얗게 연기를 피워올리듯 해무가 수면에 엷게 퍼지고 있었다. 옴팍한 해안가 끄트머리에 사람 키보다 큰 바위가 툭 튀어나와 가림막 구실을 하고, 그 위로 소나무가 자라 그늘을 드리우는 곳은 엄마가 옷을 갈아입고 내가 모래성을 쌓으며 엄마를 기다리던 곳이었다. 생계를 책임진 엄마의 어깨는 무거웠으나 바다는 엄마의 도피처이기도 했다. 물속에서 엄마는 더없이 싱그러웠다. 꼬들꼬들 말라 있던 해초가 물속에서 풀어지듯 푸르러졌다. 바다에서 걸어나오는 엄마의 몸은 물고기 비늘처럼 반짝거렸다.

그러나 엄마는 내게 수영도 배우지 못하게 했다.

바느질 잘하면 바느질하면서 살고, 물질 잘하면 물질하면서 살게 돼. 너는 공부만 해라.

소학교 3년이 엄마 학력의 전부였다. 남동생이 학교 갈 나이가 되었기 때문이었다. 쓰다 만 공책과 몽당연필까지 남동생에게 물려줘야 할 만큼 가난한 집안이었다. 엄마는 그때부터 외할머니를 따라다니며 물질을 배웠다. 엄마의 실력은 하루가 다르게 늘었다. 눈썰미가 좋아 금방 요령을 터득하더니 해를 넘기자 외할머니보다 잠수 시간이 길어졌다. 해방이 되던 무렵에는 어른 한 사람 몫을 할 정도가 되었고, 가슴도 봉긋하게 솟았다. 가슴에서 물방울처럼 몽글거리며 솟아나는 희망 때문인지도 몰랐다. 친구를 따라 야학에 가본 후였다. 학교를 그만둘 때는 미련이 하나도 없었는데, 야학은 가고 싶었다. 소탈하고 가식 없이 학생들을 대하는 선생님들이 좋았다. 돈 같은 것도 필요 없다고 했다. 내일도 꼭 나와라. 총각 선생님이 눈을 맞추며 그렇게 말할 때는 가슴이 철렁 내려앉는 것 같았다. 그 말을 떠올리면 이상하게 온몸이 뜨거워져 얼른 물속으로 자맥질해 들어갔다.

그러던 어느 날 외할아버지가 사라졌다. 이 마을 저 마을로 날품을 팔고 다니던 외할아버지는 며칠씩 돌아오지 못하는 날이 많았다. 외할아버지가 사라졌다는 건, 갑자기 들이닥친 군인들 때문에 알게 되었다. 그들은 외할아버지가 어디로 도망갔냐고 수시로 찾아와서는 다짜고짜 할머니를 때렸다. 영문도 모르고 맞던 외할머니가 성치 않은 몸을 이끌고 남편을 수소문했다. 그렇게 찾아간 관공서에서 남편이 육지의 어느 감옥에서 죽었다며 빨간 줄이 그어진 서류를 보여줬다. 외할머니는 시름시름 앓기 시작했다. 장독이 퍼진 외할머니는 온몸이 검푸르게 변하더니 죽었다. 무서워서 시신도 묻지 못한 채 떨고 있을 때 외할머니 시신을 거두어주고 식은 밥 덩어리를 가져온게 아버지였다. 엄마는 남동생과 함께 아버지를 따라 산으로 들어갔다. 그때 엄마 나이 열여섯이었다. 아버지는 엄마보다 아홉 살 많았다.

내가 감당할 수 있는 것도, 여기까지야. 엄마.

엄마가 재를 뿌려달라고 부탁한 고향 바다가 이곳이 아니란 걸 나는 알고 있었다. 그러나 나는 엄마의 유언을 오독하기로 했다. 국경도 검문도 없는 무한히 자유로운 바다에서 엄마가 고향 바다를 가지 못할 이유가 없었다. 어쩌면 엄마의 혼령은 이미 고향 바다에서 물고기들과 놀고 있을 것 같았다.

바다는 잔잔해서 비단을 펼친 듯 매끄러운 너울이 일렁거렸다. 엄마의 유해는 너울을 타고 미끄러지고 돌면서 안개와 뒤섞였다. 점점 무겁게 깔리는 안개가 수평선마저 지우고 있었다.

해가 지고 있었다. 납빛 바다가 잠깐 살굿빛을 띠며 얼굴

을 붉혔다. 안개와 바다가 서로를 희롱하는 것 같았다. 해무는
밤이 깊어도 물러갈 줄을 몰랐다.

그날 우리가 죽인 것은 무엇인가.

사람인가, 짐승인가, 두건을 쓴 신(神)인가.

너는 부끄러운 죄인의 자손인가.

총구에서 피어오르던 연기의 나신을 본다.

빠져나온 칼날이 다시 내 몸에 들어온다.

죽음에 끌려가던 행렬이 죽음을 끌고 간다.

정의는 비겁했고, 죽음은 달콤했다.

기억은 처참했고, 영혼은 끝내 도착하지 않았다.

배회하는 유령들

|

비셰그라드

비셰그라드에 가고자 한 건 순전히 이보 안드리치 때문이었다. 그의 장편소설 《드리나강의 다리》는 기억도 나지 않을 정도로 오래전에 사둔 책이었다. 고작 30페이지 정도에서 접혀 있던 책을 마르코 집에서 다 읽었다. 책이 고향에 온 걸 아는 것 같았다.

소설의 배경 비셰그라드가 보스니아의 지명이라고 마르코가 가르쳐주었을 때 나는 운명적으로 그곳에 가게 되리라고 예감했다. 볼 거라고는 돌다리 하나뿐인 작은 산골 마을에 불과하다는 그의 설명은 오히려 나를 자극했다. 안드리치가 그토록 인상적으로 묘사했던 다리가 실재한다는 것만으로도 가야 할 이유는 충분했다.

비셰그라드로 가는 길은 구불구불한 산길이어서 버스가 속도를 내지 못했다. 굽잇길을 돌아 마을이 나타날 때마다 버스가 멈췄다. 후미진 산길, 집 한 채 보이지 않는 곳에서도 사람들이 내리고 탔다. 세르비아에서 보스니아 - 헤르체고비나의 국경을 넘는 국제버스지만 시골버스나 다름없었다.

"캔 유 스피크 잉글리시?"

통로 건너 좌석에서 아까부터 나를 힐끔거리던 청년이었다. 나 역시 버스를 탈 때부터 그를 보지 않을 수 없었는데, 유일하게 젊은 청년인데다 외모도 준수했다. 키가 훌쩍 큰 톰 크루즈 같았다. 서양에서 온 여행자인가 싶었는데 비셰그라드가 자기 집이며, 베오그라드에서 면접시험을 보고 돌아가는 길이라고 했다. 미국 해운회사라고 해서 선원이냐고 물으니, 하우스키퍼라고 했다. 아버지가 외항 선원 노릇을 잠깐 했던 터라 나는 하우스키퍼가 선장의 뒷수발을 들어주는 호텔 보이 같은 거라는 걸 알고 있었다. 그는 무척 들떠 있었다. 한 달에 천 달러 정도의 보수를 받으면서 6개월간 배를 타게 될 거라고 자랑스럽게 말했다. 다만 영어가 모자란다고 연습을 더 해오라는 지적을 받았다며, 실은 영어를 연습하고 싶어서 말을 걸었노라고 털어놓았다.

여섯 시간 가까이 달려 도착한 곳이 비셰그라드라는 건, 톰이 아니었으면 모르고 지나쳤을 것이다. 터미널 따위는 없었다. 건물 하나 보이지 않는 산모롱이였다. 톰이 이 마을 사람이라는 건 버스에서 내리자마자 증명되었다. 지나가던 사람들이 그에게 인사말을 건넸다. 그는 길 건너에서 누군가를 발견하고는 황급히 뛰어갔는데, 그 사람과 이야기를 나누며 그대로 사라져버렸다. 그는 집에 가면 할 일이 있는데 그걸 마친 후 나에게 비셰그라드를 안내해주겠다고 했었다. 그제야 나는 미처 그의 이름을 물어보지 못했다는 걸 깨달았다.

안드리치 호텔은 드리나강변에 있었다. 3층 높이의 호텔 건물은 다분히 강을 의식한 듯 강을 따라 길게 지어졌고, 버드나무에 둘러싸여 아늑했다. 방에서도 드리나강과 다리가 훤히 내려다보였다. 나는 배낭을 내려놓고 카메라만 들고 밖으로 나갔다.

이곳까지 오는 동안 나는 많은 다리를 건넜다. 강과 다리, 음악이 전세계의 관광객들을 끌어모으고 있었다. 프라하의 카를교에서는 세상 고뇌를 전부 이고 있는 듯 심오한 표정의 조각상들을 바라보며 날아갈 듯 현란한 현악4중주단의 연주를 들었고, 부다페스트의 세체니 다리에서는 〈글루미 선데이〉를 들으며 청춘들이 몸을 던진 강물을 내려다보았다. 자전거를 타고 온 연인들이 다리 위에서 만나 키스하는 장면을 나는 오래도록 훔쳐보았다.

보스니아 – 헤르체고비나의 산골 마을 비셰그라드의 깊은 협곡을 흐르는 드리나강의 다리에는 아무도 없었다. 돌로 만든 다리가 다야. 마르코는 심드렁하게 말했으나 나는 500년의 시간을 거스르는 기분이었다. 다리 중앙의 카피야라고 부르는 곳에 이르러 흐린 눈으로 멍하니 앉아 있는 노인을 발견했을 때는, 소설 속으로 들어온 듯했다.

소설에서 카피야는 이렇게 묘사된다.

그 테라스에는 체즈베(cezve, 손잡이가 긴 바가지 모양의 주전
자)와 터키식 커피잔들, 항상 불이 지펴져 있는 화로가 있었
고, 건너편 소파의 손님들에게 커피를 나르는 소년과 카페
주인이 자리하고 있었다. 이곳이 바로 카피야이다.[*]

    부슬부슬 가는 비가 내리기 시작하는데 노인은 꼼짝도 하
지 않았다. 체구가 큰 편이었고 구부정하게 허물어진 자세는
마치 벗어놓은 외투 같았다. 500년 세월을 꼿꼿하게 서 있는
돌다리와 확연한 대조를 이루고 있었다. 내가 다리 난간에서
사진을 찍으며 흘깃거렸지만 그는 타인의 존재에 무관심했다.
허름한 차림새에 얼굴 주름이 깊었고 취한 듯 눈에 초점이 없
었다. 그럼에도 무언가를 골똘히 바라보고는 있었기에, 차원이
다른 시공간을 들여다보는 듯했다.
    내가 보이지 않는 걸까. 나는 일부러 노인 앞을 지나 카피
야로 올라가 '소파'라고 불리는 돌의자에 앉았다. 노인은 눈썹
하나 까딱하지 않았다. 나는 노인의 등을 슬쩍 밀어보고 싶은
충동을 지그시 눌렀다. 오싹 한기가 들었다. 맞은편 카피야에
서 따뜻한 커피 한 잔을 배달시키고 싶었다.

[*] 이보 안드리치 《드리나강의 다리》, 12쪽, 문학과지성사, 2005년.

보스니아는 전통적으로 가톨릭국가였다. 이 지역에 이슬람화가 진행된 것은 15세기, 오스만투르크 침략 이후부터였다. 광범위한 이슬람화를 성공시킬 수 있었던 배경에는 데브쉬르메 제도가 있었다. 열 살 전후의 영특한 사내아이들을 선발해서 터키로 데려간 후 이슬람교로 개종시키고 능력에 따라 공무원, 예니체리(예하 부대)로 만들어 다시 전국 각지로 파견하는 제도였다. 뒤집어보면 현지인에게는 고속 출세의 지름길이었다. 건조하게 기술된 역사서만 보면 데브쉬르메 제도가 양측 모두에게 나쁘지 않은 제도였던 것처럼 보인다. 그러나 이보 안드리치의 소설에 묘사된 것을 보면 그것이 얼마나 고통스러운 일인지 짐작할 수 있었다.

이 괴상한 행렬을 뒤따르는 무리의 대부분은 여자들, 끌려가는 아이들의 어머니, 할머니와 누이들이었다. 이들이 너무 가까이 다가오면 행렬을 이끄는 대장이 말을 세게 몰아대며 채찍으로 그들을 마구 때렸다. 그러면 여자들은 길가 숲속에 몸을 숨겼다가 또다시 행렬 뒤로 몰려들어 비 오듯 눈물을 쏟아부으면서 빼앗긴 아들들의 얼굴을 한 번이라도 더 보기 위해 안간힘을 썼다. 특히 어머니들이 가장 악착같고 필사적이었다. 어떤 어머니들은 마치 장례식 때처럼 주위의 모든 것들을 다 잊은 듯 가슴을 풀어헤치고 머리를 쥐어뜯으며, 앞도 보지 않고 달려들어 울부짖었다. 또 어떤 어머니들은 거의 정신이 나간 듯 곧바로 기병에게 달려들어 그들이 휘두르는 채찍에 얻어맞아가면서 소용없는 질문을 퍼부었다. 어디로 데려가는 거요? 왜 내 아이를 뺏어가는 거요? 어떤 어미들은 안간힘을 써대며 마지막 말이라도 전하기 위해 마구 달려들었다.

라데야, 엄마를 잊지 말거라…….

일리야! 일리야! 일리야!

이렇게 떠나가면 이름마저 빼앗겨 영영 기억도 못하게 될 테니 아이들이 자기의 이름이라도 기억하게 하려고 그 이름들을 수도 없이 되풀이하며 외쳐댔다.*

텅 빈 거리에 하루 종일 비가 부슬부슬 내렸다. 나는 나 자신을 유령처럼 느꼈지만, 골목 사이로 누군가 스윽, 지나가거나 대문에서 사람이 튀어나오면 그가 유령인 듯 깜짝 놀랐다. 마을은 한 시간이면 다 둘러볼 정도로 작았다. 언덕 위로 마을이 이어졌으나, 여행자가 다닐 만한 곳은 그게 다였다. 안드리치의 상반신을 담벼락에 그려넣은 안드리치가 다녔다는 고등학교가 있었고 메모리 홀이 있었지만, 문이 굳게 닫혀 있었다. 더 이상 돌아다닐 곳이 없어서 남의 집 담장이나 기웃거리자니 가슴속에서 이상한 열기 같은 게 느껴졌다. 유성처럼 외롭고

* 앞의 책, 29쪽.

추웠지만, 익숙해서 충만했다.

*

그날 밤, 나는 드리나강이 내려다보이는 창가에 앉아 《드리나강의 다리》를 읽다가 잠이 들었다. 얼마나 잤을까. 무슨 소리가 들렸다. 잠에서 깬 그 소리가 들린 건지, 소리 때문에 잠을 깬 건지 혼란스러웠다. 이명이라고 생각했는데, 노랫소리였다. 한밤중에 누가 노래를 부르는가? 멜로디가 단조로운 것이 자장가나 레퀴엠 같았다. 노랫소리는 두 사람 혹은 세 사람이 부르는 것처럼 들리다가, 어떤 대목에서는 합창처럼 웅장했다. 옆방이나 아래층에 강당이라도 있는 것 같았다. 하지만 반나절을 돌아다니면서 만난 사람이 고작 열 손가락에 꼽을 정도인데 많은 사람들이 한밤중에 노래연습을 한다는 게 이상하다, 이런 생각을 하면서 잠 속으로 빠져들었다.

다시 잠을 깬 건 불쾌한 한기 때문이었다. 마치 뱀의 혀처럼 차가운 뭔가가 스윽 이마를 핥는 듯 소름 끼치는 기운이었다. 창문이 열려 있나? 싶어 고개를 들었는데, 누가 있었다. 뒷모습만 보이는 그는 이젤을 앞에 놓고 그림을 그리고 있었다. 그게 너무 태연해서 내가 남의 방을 몰래 훔쳐보고 있는 것 같았다. 그러나 아니지, 여긴 내 방이라고, 당신 누군데 함부로 남의 방에 들어온 거야, 소리치려고 했으나 입술을 아교로 붙인 듯 떨어지지 않았다. 내가 버둥거리자, 방해를 받아서 몹시 짜증스럽다는 듯 그가 고개를 홱 돌렸다.

그건 사람의 얼굴이 아닌 뱀의 형상이었다. 툭 튀어나온 동그란 뱀눈이 나를 쏘아보았다. 얼굴의 절반을 차지할 정도로 커다란 눈은 마녀의 구슬처럼 신비롭게 소용돌이치고 있었다. 믹서기처럼 소용돌이치며 돌아가는 건, 사람의 팔, 다리, 얼굴 같은 형상들이었다. 지옥도였다. 소리 없는 아우성을 나는 똑바로 쳐다보았다. 눈을 감고 싶었지만 그게 안 되었다. 피눈물이 날 것 같은 순간, 뱀은 순식간에 창문으로 뛰쳐나갔다. 창문은 닫혀 있었다.

밤새 식은땀을 얼마나 흘렸는지 옷이 축축했다. 나는 샤워를 하고 뜨거운 물 한 잔을 들고 창가에 앉았다. 드리나강의 수면이 아침 햇살에 반짝거리고 있었다. 흐리고 비 내리던 전날과는 완연히 다른 풍경이었다. 문득, 마르코가 어떤 악몽을 꾸는지 궁금해졌다. 그가 잠결에 극도로 허기를 느끼는 건 악몽 때문일 것이다. 끔찍한 꿈의 수렁에서 허우적거리다 잠이 깨면 기진맥진해졌다. 몽유병 환자처럼 부엌으로 내려가 스위트를 먹고 다시 잠들 수 있는 자기만의 해법을 찾은 마르코가 부러웠다.

위에서 쓴 물이 올라올 정도로 허기가 밀려왔다. 나는 옷을 챙겨 입고 방을 나갔다. 계단을 내려가던 나는 파닥거리는 날갯짓 소리에 걸음을 멈췄다. 참새였다. 한 뼘쯤 열린 창문 틈으로 들어온 것 같은데, 나가지를 못해서 파닥거리고 있었다. 출구가 바로 옆인데 공포에 질린 참새는 그걸 알지 못했다. 창문을 조금만 더 열어주면 나갈 수 있을 것 같았다. 그러나 참새는 내가 조금씩 다가가자 창문에 머리를 찧어댔다. 자결이라도 할 기세였다. 나는 숨을 멈추고 발을 미끄러뜨려 창으로 다가갔다. 참새의 공포는 극에 달했다. 자신을 가로막고 있는 유리의 정체를 알 수 없는 그 공포가 고스란히 전해졌다. 나는 팔을 엿가락처럼 잡아 늘이며 손가락을 뻗어 창문 끝을 조금 밀었다. 틈이 넓혀졌고, 참새는 미끄러지듯 빠져 날아갔다. 그때 나는 보았다. 유리창에 서려 있던 입김, 조막만 한 참새가 토해낸 필사의 숨결.

호텔을 나서는데 데스크에 매니저가 보였다. 나는 그에게 다가가, 혹시 밤중에 합창연습을 하느냐고 물었다. 그는 고개를 갸웃거리며, 무슨 말이냐고 되물었다. 어젯밤 옆방에서 노랫소리가 들리더라고 하자, 그는 어깨를 으쓱하며 대답했다.

"손님 방 옆에는 방이 없는데요?"

*

톰이 호텔 방으로 전화를 걸어온 것은, 마음을 정하지 못하고 망설이고 있을 때였다. 환청과 환각이 동시에 몰려오는 밤을 또다시 맞을 자신이 없었다. 그는 집안일이 끝났다면서, 내가 괜찮다면 시간을 내겠다고 했다. 창밖에서 섬광이 날아와 눈을 찔렀다. 거울로 장난을 치듯 빛을 반사한 건 햇살을 받은 드리나강이었다. 나는 톰에게 호텔 앞에서 만나자고 했다. 나를 잡은 건 드리나강의 윤슬이었다.

톰은 비셰그라드를 안내해주겠다고 했으나, 나는 이미 다 돌아보았으니 점심이나 먹자고 했다. 그가 나를 데려간 곳은 안드리치 그라드에 있는 식당이었다. 강이 훤히 내려다보이는 모던한 레스토랑이었다. 드리나강은 묘한 강이었다. 강폭은 그리 넓지 않은데, 깊은 수심 탓에 짙은 청록빛을 띠며 유장하게 흐르는 것이 마치 거대한 한 마리 이무기가 꿈틀거리는 것처럼 보였다.

"집안일은 잘했어?"

"어머니가 몹시 아파. 할머니가 같이 사는데, 할머니도 몸이 성치 않고."

"네가 집에서 꼭 필요한 사람이구나."

"나 없으면 집안이 제대로 돌아가지 않아. 돈 벌 사람도 없고."

"그러면 배 타는 일을 하기 어렵겠네."

"맞아. 하지만 도망갈 수 있잖아."

그는 씨익, 웃으며 맥주잔을 내밀었다. 나도 공범처럼 웃으며 잔을 부딪쳤다.

"대신 돈을 많이 벌 테니 죄책감을 덜 수 있고, 도망칠 수도 있으니 일석이조랄까?"

그는 태어나는 순간부터 이 마을을 떠나고 싶었다고 했다. "선택할 수만 있었다면, 태어나지도 않았겠지만……." 그는 이 마을에서 일어난 일에 대해 알고 있는지 물었다. 나는 내심 뜨끔했다. 지금까지 나는 안드리치 생각만 하고 있었는데, 톰의 말을 듣는 순간 스레브레니차가 떠올랐다. 어쩌면 수수께끼 같은 지난밤의 악몽이 그것과 연관된 것인지 모른다는, 뒤늦은 직감이 뒤통수를 쳤다.

그는 막 나온 양고기를 썰면서 이야기를 계속했다.

"다리는 가봤겠지?"

나도 고기를 썰면서 고개만 끄덕였다. 무슨 말을 하면 그의 말을 방해할 것 같았다.

"노인도 봤겠네. 하루 종일 다리에 앉아 있는 노인 말이야."

나는 다시 고개를 끄덕였다.

"그 사람, 아마 내가 태어나기 전부터 거기 앉아 있었을 거야."

나는 조금 추워졌다.

"자기 눈앞에서 아내와 딸이 강간당했는데 아내는 그 자리에서 물로 뛰어들었고, 딸은 그때 생긴 아기를 낳고 미쳐서 아기를 안고 강으로 뛰어들었어. 그 노인도 몇 번이나 강에 뛰어들었다고 해. 문제는 익사를 하기에는 수영을 너무 잘한다는 거야. 뛰어들었다가 헤엄쳐서 나오고, 또 뛰어들고. 돌멩이를 짊어지고 뛰어들면 될 텐데⋯⋯. 그런데 그 세월이 너무 오래 되다 보니, 어쩌면 가족을 기억하고 추억하는 자기만의 방식이 된 거 같아."

숨이 턱 막혔다. 누가 목을 조르는 것 같았는데, 실은 고기가 목구멍에 걸렸기 때문이었다. 내색을 하지 않고 넘겨보려고 했지만, 숨을 쉴 수 없어 얼굴이 빨갛게 달아올랐다. 물잔을 드는데 발작적으로 기침이 터졌다. 갑작스런 일이어서 고개를 돌릴 새도 없었다. 목구멍을 막고 있던 고깃덩어리가 식탁 위로 튀었다. 손에서 미끄러진 물컵이 바닥에 떨어져 깨지면서 요란한 소리를 냈다. 순식간에 식탁이 엉망이 되어버렸다. 톰이 벌떡 일어나 밭은기침을 하며 고통스러워하는 나의 등을 쳐주었다. 매니저가 달려와 나를 살폈다.

한참 만에야 진정한 내가 입을 닦으며 미안하다고 말했다. 매니저가 톰에게 뭐라고 했다.

"큰일 날 뻔했대. 고기가 튀어나오지 않았으면 질식사할 수도 있다네."

나는 빨갛게 달아오른 얼굴로 고개를 끄덕였다.

"저쪽에 식사를 다시 차려주겠대."

다행히 식당에 손님은 톰과 나 둘뿐이었다.

자리를 옮겨 앉은 나는 그에게 솔직히 털어놓았다. 발칸에 오기 전에는 스레브레니차에 대해서도 몰랐으며 비셰그라드는 오직 안드리치 때문에 온 것이므로 이곳에서 무슨 일이 있었는 지 모르고 있다고.

그는 선선히 고개를 끄덕였다.

"이해해. 나도 한국에 대해서 모르니까. 한국 사람은 네가 처음이야."

나도 보스니아 사람은 네가 처음이야. 우리는 까마득히 먼 나라의 사람들이지. 그런데 어째서 너의 이야기가 낯설지 않은 걸까. 나는 잠시 드리나강을 바라보며 숨을 골랐다.

"지금은 이렇게 썰렁하지만 여름이면 휴가를 보내려고 사 람들이 꽤 많이 오는 곳이야. 그러니 우리 마을 사람들조차 드 리나강에 핏물이 흘렀다는 걸 말하려고 하지 않아. 저 다리에 서 얼마나 많은 사람들이 총살당하고 물에 던져졌는지. 오직 안드리치, 안드리치야. 여긴 워낙 작은 마을이니까, 스레브레 니차 사건이 어떻게 해결되는지 숨죽이면서 지켜볼 뿐이야. 여기서 멀지 않거든. 작년에 네덜란드 민사법원이 스레브레니 차 학살에 대해서 네덜란드 정부가 배상 책임이 있다는 판결 을 내렸다더군. 그들이 미온적으로 대처하기는 했지. 하지만 솔직하게 까놓고 말하면, 평화유지군이라는 이름으로 파견된 그들의 화력으로는 미쳐 날뛰는 세르비아군을 저지하는 게 불 가능했어. 이렇게 말하면 반역자라고 나를 몰아붙이겠지만 말 이야."

다시 식사가 차려졌다. 내가 맥주를 한 병 더 주문하자 톰도 손을 들었다. 우리는 식사를 거의 하지 않은 채 맥주만 마시고 있었다. 그는 작정이라도 한 듯 속엣말을 털어놓았다. 상대가 내가 아닌 누구였더라도 그랬을 것 같았다. 이 마을 사람만 아니라면. 머나먼 나라 사람이라서 더 좋았을 것이다. 술 탓인지 그의 눈이 조금 붉게 보였다. 어제만 해도 우리는 모르는 사람이었다. 그런데 지금 그와 마주 앉아 이토록 내밀한 이야기를 나누고 있는 게 아무리 생각해도 이상하기만 했다.

"이곳은 발칸에서도 완벽하게 내륙이야. 나는 이 땅에 멀미가 나. 미쳐버린 엄마를 매일 봐야 하는 게, 끔찍해. 언젠가 엄마를 죽일 것만 같아서, 그게 무서워서 미쳐버릴 것 같아."

살의에 관해서 말하는 거니? 소녀 시절 나의 꿈은 아버지를 죽이는 거였다. 아버지를 죽이는 꿈을 숱하게 꾸었다. 두 손에 피를 잔뜩 묻힌 채 비명을 지르는 꿈이거나, 그 꿈에서 깨어나 비명을 지르는 꿈이었다. 술병에 걸린 아버지가 피를 토하면서 죽을 때, 내가 꾸던 꿈과 너무 비슷해서 내가 저지른 살인 같았다.

톰의 가족에게 최초의 비극은 내전에 끌려간 형의 전사 소식이었다. 그러나 형의 유해보다 세르비아군이 더 먼저 그의 마을에 도착했고 그의 아버지가 죽임을 당했다. 그러나 사실, 그들은 톰의 아버지도 형도 아니었다. 남편이 드리나강의 다리에서 뒤통수에 총을 맞고 죽은 후, 그의 아내가 세르비아 군인들에게 윤간을 당해서 태어난 아이가 톰이었으므로.

"강간은 전쟁의 역사만큼이나 오래된 전략이지. 특히 전선이 민간인 지역으로 확대되면 집단 윤간은 내부 결속을 다질 뿐 아니라 굳이 총칼을 들지 않고도 마을을 점령할 수 있는 무기거든. 그 어떤 화력의 무기보다 효과만점이지. 집이고 뭐고 다 버리고 도망가버리니까. 게다가 그들이 우월하다고 믿는 씨도 뿌릴 수 있잖아. 그토록 우월감에 넘치는 민족이라니. 그게 바로 나야."

그가 피식 웃으며 엄지손가락을 치켜세우더니 자신을 가리켰다.

"'강간 캠프'를 만들어서 무슬림 여성들을 조직적으로 강간하고 임신한 여성들이 낙태를 하지 못하게 수용소에 감금했다는 증언도 있었지. 강간에 관한 한 상상력이 끝을 몰라. 남편 앞에서 아내를 강간하는 건 진부하고 식상하다니까. 아들에게 엄마를 강간하라고 강요하고 죽인 일도 있었고, 어린아이건 할머니건 상관하지도 않아. 그게 인간이야."

나를 바라보는 그의 잿빛 눈동자가 서늘했다. 빈 잔을 만지작거리는 그의 손을 잡아주려고 식탁 위로 손을 뻗는데, 그가 손을 번쩍 들어 웨이터에게 맥주를 주문했다. 그가 자신의 잔을 채우고 내 잔에도 맥주를 따라주었으나, 나는 선뜻 손이 나가지 않았다. 한기가 들어 몸이 떨렸다. 나는 자켓 지퍼를 목까지 끌어올렸다.

그는 연거푸 맥주 두 잔을 마시고 나서야 다시 나를 바라보았다.

"제네바 협정이라는 게 있다더군. 강간범을 처벌하고 피해자 치료를 규정한 거래." 그는 마치 바람 빠진 풍선 인형처럼 온몸을 들썩이며 헛웃음을 웃다가 말을 이었다. "무법천지 내란 지역에서, 잠깐! 처벌이 두렵지 않습니까, 법을 지키셔야지요, 이렇게 외쳐야 하나? 돌이킬 수 없이 짓밟히고 파괴되어버렸는데 뭘 어떻게 치료한다는 거지? 그건 도대체 누굴 위한 규정이지?"

그는 내게 다그치듯 목소리를 높이더니, 한숨을 쉬며 창밖으로 고개를 돌렸다.

"뭘 어떻게 해도 달라지는 건 없어. 아무것도 사라지지 않아."

그는 고개를 저으며 중얼거렸다. 무거운 짐을 내려놓듯 어깨를 축 늘어뜨린 그는 하루아침에 늙어버린 사람처럼 지쳐 보였다. 그의 기운이 내게로 뻗친 듯 나는 견딜 수 없이 피곤해졌다. 조금 전까지의 친숙함이 어쩐지 머쓱하고 무색했다.

"그만 일어날까?"

그는 긴 꿈에서 깨어난 듯 퍼뜩 고개를 돌렸는데, 다른 사람 같았다.

"내가 아르메니아 소설가를 만났던 얘기 했었나?"

그는 내 말에는 대답도 하지 않고 맥주를 더 시키더니, 엉뚱한 얘기를 꺼냈다. 뭔가 잘못되어간다는 생각이 들었다. 처음 보는 사람과 마주 앉아 있는 것부터 잘못이었는지 몰랐다.

"분위기가 묘한 여자였어. 다시 한번 쳐다보게 만드는, 어딘지 신비로운 데가 있었지. 그 여자도 너처럼 비셰그라드로 여행을 왔다더군. 도대체 이토록 깊은 산골에 뭐가 있다고 오는 건지. 뭘 보고 싶은 거지? 그 여자와도 이곳에서 식사를 했어. 내가 비셰그라드를 안내해주었거든. 여기서 술을 마시고 그녀의 호텔 방으로 가서 사랑을 나누었지. 오, 그런데 말이야, 침대에서는 얼마나 도발적이고 화끈하던지."

그는 맥주를 마시며 취한 눈으로 나를 지그시 바라보았다.

"이제 그만 가야겠어."

"그 여자, 죽을 궁리만 하던 나를 살려준 여자야."

그는 돌연 애원하는 눈빛으로 나를 붙잡았다. 마치 이번엔 내가 그를 살려주어야 한다는 말처럼 들렸다.

"그 여자가 다이어리에 꽂혀 있던 사진을 보여주었어. 그림처럼 아름다운 여자였어. 증조할머니라더군. 아르메니아 학살 때 돌아가셨대. 벌써 100년도 더 된 일인데, 그 여자는 온통 그 일에 사로잡혀 있더라. 그 여자는 전 세계의 학살지만 찾아서 돌아다니고 있었어. 아마 소설도 온통 학살에 대한 이야기뿐일 거야. 그녀의 말을 듣다 보니, 그 여자, 살아 있는 사람이 아닌 거야. 살아 있지만 살아 있는 게 아니더라고. 정신이 번쩍 들었지. 그건 바로 내 모습이었던 거야. 그렇게 살고 싶진 않았어. 이상하지? 그렇게는 살고 싶지 않다, 그렇게 생각하니까, 죽고 싶지도 않더라. 그래서 배를 타겠다고 결심한 거야. 여기를 떠날 수 있는 가장 확실한 방법은 죽는 것, 아니면 그것밖에 없으니까. 그 여자, 나를 살려주려고 온 천사였을까? 아니면 유령 같은 모습으로 계속 살아 있으라고, 살아서 계속 죽어 있으라고 주술을 걸러 온 마녀였을까."

나는 떨고 있었다. 시작과 유래를 알 수 없는 파동이 나의 몸을 관통하며 흔들어대고 있었다. 내가 할 수 있는 건 그것뿐이라는 듯, 나는 날개 없는 새처럼 파들거렸다. 이토록 낯선 나라에서 이토록 비슷하게 반복되는 이것은 도대체 누구의 설계인가.

*

우리는 드리나강변을 따라 호텔까지 천천히 걸었다. 실내보다는 바깥이 더 따듯했다.

그는 술이 과했노라고, 사과했다.

"핑계처럼 들리겠지만, 내 이야기를 이렇게 진지하게 들어준 사람은 네가 처음이야. 어디서부터 어떻게 말문을 열어야 할지도 몰랐어. 내 얘기를 털어놓고 싶다는 생각을 한 적도 없었으니까. 실뱀 같은 게 마구 엉켜서 똬리를 틀고 있는데, 그걸 건들면 내가 터져버릴 것 같고 무서워서 덮어두고만 있었어.

모른 척, 아닌 척. 그러다 갑자기 말문이 터진 거야."

그 바람에 자기도 모르게 거칠어져버렸다고, 다시 한번 사과하면서 다 잊어달라고 부탁했다.

초록빛 수면에는 흰 구름이 고요히 흘러가고 있었고, 버드나무에서는 새들이 가지를 옮겨 다니는 소리가 부산했다.

호텔 앞에서 내가 손을 내밀며 악수를 청하자 그가 내 손을 잡으며 가볍게 포옹을 하고는 돌아섰다. 걸어가는 그의 등에 대고 내가 물었다.

"이름이 뭐야?"

그는 잠시 그대로 서 있다가 천천히 돌아섰다. 그의 얼굴에 희미하게 미소가 번지더니 말했다.

"이반, 이반 요바노비치."

"나는 한나, 조한나."

그는 입술을 달싹거리며 내 이름을 되뇌어보다가, 물어보듯이 조심스럽게 말했다.

"한나, 조한나?"

내가 고개를 끄덕이자 자신감을 얻은 듯 큰 소리로, "한나, 조한나, 잘 가. 고마워" 하고는 돌아섰다. 그는 몇 걸음 걷다가 다시 돌아서더니 소리쳤다.

"한나. 다음에는 더 멋진 곳으로 여행 가도록 해."

이반은 길모퉁이에서 한 번 더 돌아보며 손을 흔들고는 사라졌다. 그가 사라지고 나자, 잔잔한 물결처럼 허전함이 밀려왔다. 이반이 마치 나와 일란성 쌍둥이처럼 느껴졌다. 이반, 너는 멀리, 멀리 가라. 나는 그가 사라진 길모퉁이를 바라보며 나지막이 중얼거렸다.

국경검문소
|
몬테네그로

휴대폰이 보이지 않았다. 스타리 모스트* 주변을 돌아다니다가 밤에 호텔로 돌아온 나는 다음날 아침 일곱 시 버스를 타기 위해 짐을 정리했다. 휴대폰을 충전하려고 백팩을 열었는데 폰이 보이지 않았다. 하루 종일 휴대폰을 꺼낸 적이 없었다. 자켓 주머니와 배낭 속을 다 뒤집어도 보이지 않았다. 그날 하루의 동선을 곰곰이 되짚어보았다.

나는 다리가 보이는 식당에서 저녁을 먹고 맥주를 사려고 마트에 들렀다. 마트는 간신히 구색을 맞춘 듯 작고 옹색했다. 진열대 사이가 좁아 두 사람이 몸을 비켜야 겨우 지날 수 있었고, 계산하려는 사람들이 좁은 진열대 사이로 줄을 서 있었다. 누군가 휴대폰을 가져갔다면 그때였을 것이다. 마트에 들어가고 나올 때, 노숙자 차림의 사내들이 길에 앉아서 킬킬거리며

---

* 모스타르의 다리. 16세기에 건립되었으나 유고 내전 당시 크로아티아의 공격으로
무너졌다가 2004년 재건됨.

나를 훑어보던 것도 떠올랐다.

터미널은 캄캄했고 아무도 없었다. 터미널 구석에 웅크리고 있으려니 박명의 빛이 멀리 산 그림자 너머에서 번지기 시작했다. 어둠의 장막을 걷으며 사람들이 하나둘 나타났다. 커피숍과 티켓오피스에 차례로 불이 켜졌다. 버스도 한 대 들어왔다. 차창 앞에 붙어 있는 이정표는 사라예보였다. 코토르행 버스는 출발 5분 전이 되어도 들어오지 않았다.

티켓오피스로 들어가 전날 산 표를 보여주며 왜 버스가 안 오느냐고 물었다. 여자가 엷은 미소를 띠며 벽시계를 가리켰다. 그럴 줄 알았다는 그녀의 표정을 보며, 나는 직감했다. 시차! 그녀가 가리킨 시계는 여섯 시를 가리키고 있었다. 나중에 알고 보니, 그날은 유럽지역에서 서머타임이 끝나는 날이었다. 아침에는 알람이 없어서 잠을 설쳤고 캄캄한 새벽 거리를 걸을 때는 플래시가 아쉬웠다. 거기에다 서머타임까지. 하필 폰을 분실한 바로 다음날, 일제히 기다렸다는 듯이 뒤통수를 친 것이다. 휴대폰이 이토록 살뜰하게 일상의 구석구석을 지켜주고 있었나 싶어 쓴웃음이 나왔다.

여행 중에 나는 휴대폰을 거의 사용하지 않았다. SNS는 하지 않았고 길 찾기 맵 같은 것도 사용하지 않았다. 호텔예약은 노트북으로 했다. 휴대폰쯤이야,라고 생각하면서도 중요한 뭔가가 빠져나간 기분을 떨칠 수 없었다. 그때 마치 미제사건의 스모킹건처럼 서서히 떠오른 건 연주의 전화번호, 아니 기표의 생일이었다. 연주가 나를 찾아온 날, 억지로 내 손에 쥐여준 명함은 곧장 쓰레기통으로 들어갔다. 그걸 다시 찾아서 번호를 입력한 건, 그 전화를 받지 않기 위해서였다. 그런데 번호를 입력하는 순간, 두 다리에 힘이 스르르 빠져나가면서 그 자리에 주저앉아버렸다. 그걸 아직도 기억하고 있는 내가, 한심하고 미워서 머리를 쥐어박고 싶었다.

몬테네그로는 마운틴과 블랙이란 뜻이다. 이름에 걸맞게 버스는 줄곧 가파른 산길을 달렸다. 나무가 거의 없는 돌산의 산악도로였다. 옆은 낭떠러지이고 까마득히 멀리 사람들의 마을이 옹기종기 모여 있는 게 내려다보였다. 분지에는 비단 보자기를 덮어놓은 듯 안개가 신비롭게 드리워있었다. 하늘은 푸르고 산길은 끝없이 이어졌다. 이토록 높고 쓸쓸하고 척박한 곳에 돌담 같은 인간의 흔적이 드문드문 보이는 게 신기할 따름이었다. 그런 길을 운전기사와 차장, 그리고 승객은 나 혼자뿐인 버스가 터덜터덜 가고 있었다.

한 시간쯤 달려 작은 도시의 터미널에 도착했다. 보스니아 – 헤르체고비나의 헤르체고비나 지역이었다. 나는 창밖으로 일가족의 이별 장면을 목격했다. 두 명의 노인과 젊은 남녀 세 명이 돌아가며 포옹을 하더니 그들 중 남녀 한 커플이 버스에 탔다. 여자의 눈가가 빨갛게 충혈되어 있었다. 버스는 다시 산간도로를 탔다.

산꼭대기의 국경검문소에 도착한 건 정오 가까운 시간이었다. 동그란 대머리에 고르바초프처럼 반점이 있는 버스 기사는 조수석에 앉아 있던 기사와 교대해서 차장 역할을 하고 있었다. 그가 승객들의 여권을 걷어서 검문소 창구로 갔다. 검문소에서는 저런 자세로 서 있어야 한다는 국제규약이라도 있는 걸까. 여권을 내밀고 서 있는 고르바초프는 숙제 검사를 받는 학생처럼 다소곳했다.

어느 순간 고르바초프가 몸을 돌렸고 나와 눈이 마주쳤다. 그는 오른손을 들어 손가락을 까딱거렸다. 마치 강아지에게 하듯이. 설마 그게 나를 부르는 것일 리 없다는 부정과 나를 부르는 게 분명하다는 확신이 동시에 밀려왔다. 나는 본능적으로 딴청을 부리며 모른 척했으나, 오래 버티지 못했다. 나는 최면에 걸린 듯 순순히 버스에서 내려 검문소로 갔다. 함께 타고 있던 사람들의 시선이 일제히 나를 따라오는 게 오롯이 느껴졌다.

검문소 직원은 모니터 화면만 바라보면서 뭐라고 떠들었고 고르바초프가 떠듬떠듬 대답했다. 나를 불러놓고 나에게는 아무런 질문도 하지 않았다. 반발심이 일었으나 그뿐, 나 역시 국제규약에 충실하게 다소곳한 자세로 서 있었다. 잠시 후 고르바초프가 "너의 짐을 가져오래"라고 했고 내가 "왜?"라고 물었으나 그가 말없이 어깨만 으쓱했을 때, 나는 등골이 시리도록 외로웠다. 버스에서 배낭을 가지고 내리자 검문소 직원이 인터폰을 들어 알아들을 수 없는 말을 했고 잠시 후 사무실에서 군복을 입은 남자가 천천히 걸어나왔다. 군인은 나를 아래위로 훑어보고는 손가락을 까딱거리며 따라오라고 했다. 얼굴이 차갑게 식어내렸다. 배낭을 한쪽 어깨에 메고 돌아서면서 고르바초프에게 물었다.

"왜 이러는 거죠?"

쓸데없는 질문이었다. 대답할 수 없는 질문은 하는 게 아니었다.

"내가 나올 때까지 떠나지 않을 거죠?"

무기력한 질문이었다.

고르바초프는 고개를 끄덕였으나 누가 그걸 장담할 수 있단 말인가. 내가 나왔을 때 버스가 없다고 한들 어떡할 것이며, 내가 사무실에서 나오지 않는다고 한들 고르바초프에게는 그걸 따질 권한도 이유도 없었다. 이 순간 이후 벌어질 일은 아무도 몰랐다. 그때 나에게 간절했던 단 하나가 휴대폰이란 사실이 아이러니했을 뿐이었다.

하얀 시멘트 건물 안에는 책상 몇 개와 소파, 다탁이 놓여 있었다. 오른쪽에 방문이 하나 있었는데, 상단에 붙어 있는 쇠창살 너머는 어두웠다. 불법체류자나 범법자들을 잠깐 가두는 곳이라는 걸 어렵지 않게 짐작할 수 있었다. 책상 위 컴퓨터 화면에는 서바이벌 게임이 멈춤 상태로 깜빡거렸다. 군인이 방문 옆 벽에 붙어 있는 기다란 선반을 손가락으로 가리켰다. 내가 배낭을 올려놓자, 그는 배낭을 열고 옷가지와 책 등을 꺼내서 선반에 늘어놓고 세면도구와 속옷을 넣어둔 파우치까지 꼼꼼히 열어서 살펴보았다. 짧은 여행을 위한 배낭은 오래 살펴볼 것도 없었다. 군인은 노트북을 들고 망설였다. 게임을 방해받은 군인의 얼굴에 귀찮은 티가 묻어났다. 그는 노트북을 내려놓고 나의 여권을 들여다보다가 턱을 치켜들며 거만한 투로 물었다.

"유! 캔 유 스피크 잉글리시?"

"예스."

여권 너머 나의 얼굴을 빤히 쳐다보던 그가 다시 물었다.

"유! 코리안?"

"예스."

"펭양 오아 세울?"

짜증이 잔뜩 묻어나는 목소리였다.

"세울."

그는 미간을 찌푸린 채 한동안 여권을 뒤적거리더니 선반을 손바닥으로 쓸어내는 시늉을 했다. 내가 서둘러 물건들을 배낭에 담자 역시 손가락을 까딱거리며 따라오라는 시늉을 하더니 밖으로 나갔다. 검문소 앞에는 고르바초프 대신 다른 기사가 같은 자세로 서 있었다. 군인은 나의 여권을 포스트에 내밀면서 알아들을 수 없는 말을 하고는 돌아갔다. 직원은 나의 여권을 펼쳐서 스탬프를 쾅, 찍었다. 여권을 건네주는 그는 가타부타 아무 말이 없었다. 나는 여권을 받아들고 돌아섰다. 갑자기 쏟아지는 겨울 햇살에 눈앞이 아찔했다. 나는 잠시 휘청거리며 그 자리에 가만히 서 있었다. 실명의 공포가 시커먼 날개를 펼치며 나를 덮쳤다.

누군가 나의 팔을 잡았다. 눈을 뜨니 고르바초프였다. 버스는 비상등을 켠 채 갓길에 서 있었다.

Republic of Korea와 Democratic People's Republic of Korea. 몬테네그로 산꼭대기 국경검문소 직원에게 영문국가 이름만으로 북한과 남한을 구별하라는 건 무리인가. 만일 내가 평양이라고 대답했다면, 어떤 일이 벌어졌을까. 그들은 나를 난민 캠프로 보냈을까? 고르바초프는 돌아오지 않는 나의 빈자리를 보며 잠깐이라도 내 생각을 했을까? 그날 저녁 가족들과의 식사자리에서 가벼운 화젯거리가 되었을지도 모르겠다. 난민 하나가 걸렸지 뭐야, 가엾게도. 타인은 각자의 삶에 배경일 뿐이다.

*

발칸은, 끊임없이 묻고 있었다.

"너는 누구냐?"

*

그날은 보름이었다. 나의 뒤를 밟으면서 점점 배가 불러온 보름달이 아드리아해를 비추었다. 그러나 밤이 깊어가면서 미친 듯이 바람이 불어대기 시작했다. 집 주위에 늘어선 나무들이 고삐에 묶인 말처럼 울어댔다. 몬테네그로의 산악지대를 돌아올 때 보았던 황량한 바위산과 덤불지대, 그리고 묘지들이 떠올랐다. 길은 가도가도 제자리였다.

다음날 아침 베네치아 양식의 돌집에서 잠이 깬 나는, 머릿속에서 발칸반도 지도가 좌르륵 펼쳐지고 그 끄트머리에 누워 있는 나 자신을 하나의 점으로 인식했다. 우주에서 뚝 떨어진 점 하나. 자신의 존재를 증거할 그 무엇도 없는, 존재 그 자체가 되어버린 것 같았다. 돌멩이나 물방울처럼 세상 인연에 얽매이지 않은 순수한 존재였다. 가족, 연인, 우정과 사랑, 아무런 인간적 보호를 받지 못하지만, 슬픔, 고통, 결핍과 외로움, 아픔도 느끼지 못했다. 그건 자유의 감각이었다. 너는 누구냐고, 끊임없이 물어대는 질문의 대답이 이것일까?

빈방

|

서울

"이숙아, 저……, 변이숙 씨 전화 아닌가요?"

무심코 통화버튼을 누른 나는 휴대폰을 떨어뜨릴 뻔했다. 나조차 내 이름을 잊고 지낸 세월이었다. 그럼에도 전화 속 목소리의 주인공을 나는 단박에 알아챘다.

연주였다. 우물거리는 사이, 연주는 이숙아를 연발하고 있었다. 목소리를 쥐어짜듯 건조하게 응답하자, 연주는 마침내 안착할 곳을 찾은 덩굴처럼 찰싹 달라붙었다.

"나, 연주야, 송연주. 우리 좀 만나자. 전화로는 그렇고, 만나서 할 얘기가 있어."

조금도 달라지지 않았구나. 거두절미하고 본론부터 말하는 습관. 오만한 말투. 자신의 오류 가능성에 대해서는 의심 한 점 없는 듯한 자신감. 이런 것들이 단아한 연주의 이목구비와 썩 잘 어울렸다.

"설마 나를 기억하지 못하는 건 아니지?"

흡반처럼 그악스럽게 달라붙는 느낌에 나도 모르게 진저
리를 쳤다. 나는 짧게 끊어 말했다.

"만나고 싶지 않은데."

"잠깐만! 내 문제가 아니고, 기표 씨 문제야. 그래, 기표 씨
문제로 너하고 상의할 게 좀 있어."

나는 전화를 끊어버렸다. 예상했던 바였다. 기표가 아니라
면, 연주가 나에게 연락할 이유가 없을 테니까.

정작 내가 당황한 건 나 자신 때문이었다. 왜 그토록 야멸차
게 전화를 끊었을까. 좀 더 의연할 수 있지 않았나? 무슨 문제인
지 들은 후에 거절해도 되는데, 속 좁은 짓을 한 것 같아 언짢았
다. 그러나 곰곰 생각해보니, 연주와 말을 섞고 싶지 않다는 것
보다는 연주 입을 통해서 듣는 기표의 이름이 아팠다. 20년 세
월이 흘렀음에도, 내게 기표라는 이름은 아물지 않은 상처였다.

*

거울 속을 들여다보듯, 나는 마르부르크의 방을 떠올리곤
했다. 10년, 20년의 세월이 지나도록 진공 속에 갇혀 있는 빈
방이다. 반지하 창으로는 남의 집은 다 들르고 한 집만 깜빡 잊
은 우편배달부처럼 창백한 햇빛이 인색하게 빈방을 훑고 지나
간다. 해가 지면 수조에 물이 차오르듯 어둠이 고이고, 빗방울
이 투둑거리며 창을 노크하고, 중정을 지나다니는 사람들은 무

심한 발소리만 남기고 사라진다. 달콤새콤 풍기던 음식 냄새를 방은 기억할까. 좁은 방에 흘러넘치던 음악 소리와 두런거리던 말소리를 기억해줄까. 집주인 할머니는 짐을 그대로 둔 채 사라진 한국인 유학생들을 가끔은 궁금해할까? 집세도 내지 않고 사라졌다고 욕을 퍼부었을까? 책이며 옷가지들은 어떻게 했을까. 자전거는 누가 타고 있을까.

취조실에서부터 시작된 이명증세와 악몽은 출소 후에도 이어졌다. 악몽은 종종 환각을 불러왔다. 발작처럼 착란에 빠지기도 했다. 착란 속에서 나는 마르부르크에 있었다. 나는 기표를 기다리고 있었다. 텅 빈 우체통을 들여다보면 거기 오도카니 앉아 있는 내가 보였고, 길거리에 세워진 자전거를 내 것인 양 타고 달렸다. 수많은 내가 여기저기에서 기표를 기다렸다. 내가 너무 많아서 기표가 길을 잃을지 모른다는 생각에 조바심쳤다. 때로는 맹렬하게 도망치고 있었다. 나는 쫓기고 있었고 숨을 곳을 찾았다. 마침내 숨었다고 생각한 곳이 갑자기 광장처럼 탁 트이는가 하면 감옥처럼 사방이 막히기도 했다. 나는 여러 무리의 여자들에게 둘러싸여 있었다. 여자들은 나를 노려보며 거리를 좁혀들었다. 2차 대전 관련 사진집에서 보았던 것들과 흡사했다. 독일인이나 군인에게 몸을 팔거나 부역했던 여자들이 머리를 깎이고 발가벗긴 채 조리돌림당하고 돌팔매질당하는 모습. 나는 끝도 없이 기다리고, 끝도 없이 도망쳤다. 착란에 빠질 때면 손에 잡히는 대로 아무것이나 들고 나를 찔렀다. 자해는 현실도피 수단이었다. 누군가 나를 해코지하기 전에 내가 먼저 나 자신을 해코지하는, 자백 같은 것이었다. 피가 많이 날수록 안심이 되었다.

주체할 수 없이 달뜨는 마음은 통제가 되지 않았다. 내 속에 불덩이가 돌아다니는 것 같았다. 재판정의 판사처럼 누군가 끝! 이라고 망치를 두드려주면 좋겠다고 생각했다. 기표를 만나야 했다. 끝이라고 말해줄 사람은 기표밖에 없었다. 우리의 아기가 어떻게 떠났는지, 그도 알아야 했다. 그 생각이 한번 들어오자, 그 생각이 나를 지배했다. 나는 기표를 만나러 갔다. 그러나 기표를 만나기도 전에 끝! 이라는 선언을 듣고 말았다. 면회실에서 신청서를 받아든 순간이었다. 관계란에 내가 들어설 자리는 없었다.

*

연주에 대해서는 모를래야 모를 수가 없었다. 주간지 편집장이던 연주는 지적이며 세련된 언어구사력, 깔끔한 마스크가 뒷받침되어 종편방송국의 시사프로 진행자로 발탁되었다. 여자가 전무한 시사분야에서 인지도가 올라가자 여대생들의 롤모델이 되었다. 개인사에 대한 관심도도 높아서 여성지 인터뷰에도 자주 등장했다.

연주의 러브스토리가 조명될 때면 연주가 쓴 기사가 소환되어 인용되곤 했다. 기표와 나의 재판에 정황자료로 채택된 바로 그 주간지 기사였다. 재판 방청기라는 타이틀을 달고 있는 기사는, 검찰이 흘려준 내용을 그대로 받아적거나 검찰 대변인이 쓴 것처럼 보였다. 아무리 재판 당시의 기사라고 해도, 조작에 대한 의구심은 고사하고 사건에 대한 중립적이고 균형 잡힌 시각도 찾을 수 없는, 황색저널리즘에 가까운 글이었다. 마타하리처럼 가명을 사용하고 선배에게 약혼녀가 있는 걸 알면서도 계획적으로 유혹했다는 내용은 마치 통속소설의 한 장면처럼 묘사되어 있었는데, 그것은 정확히 나를 겨냥하고 쓴 비난의 메시지였다. 그 선배가 바로 연주의 애인이고 그럼에도 그런 남자와 결혼했다는 게 밝혀지면, 연주는 순애보 속 비련의 주인공이 되었다.

인터뷰 기사에는, 기표에 대한 이야기도 빠지지 않았다. 기표는 출옥 후 심신이 피폐해져 사회활동을 거의 하지 못한 것 같았다. 정신병원을 들락거렸다는 말도 있었다. 어디까지 믿어야 될지 알 수 없지만, 연주 자신의 지명도가 높아짐에 따라 질투와 열등감까지 더해져 심각한 자해를 한 적도 있다고 했다. 물론 그것조차도 연주의 사랑과 헌신으로 극복했다는 데 방점이 찍혀 있었다.

연주는 기어코 집 앞까지 나를 찾아왔다.

"네가 전화를 안 받으니 어떡해? 너한테 부탁할 게 있어서 그래."

전화에서는 상의할 게 있다고 한 것 같은데, 그사이 부탁으로 말이 바뀌어 있었다.

커피숍에서 연주와 마주 앉았다. 도대체 무슨 일로 이렇게 애가 닳았는지 짐작이 가지 않았다. 내 전화번호와 주소까지 어떻게 알았느냐고 따지듯 묻자, 연주 표정이 미묘하게 변했다.

"네가 꽤 유명한 번역가던데? 기표 씨가 네 책을 보고 있길래 알았지. 나는 네가 그 이름을 아직도 쓰고 있을 거라고는 생각도 못했는데 말이야."

나는 아무 대꾸도 하지 않았다. 연주는 노회한 배우처럼 이내 표정을 바꿔 살가운 미소까지 띠며 물었다.

"너 요즘 재일동포 유학생들 간첩단 조작사건이 재심에서 승소하고 있다는 기사 봤지?"

나는 뉴스를 거의 보지 않았다.

연주는 옆에 놓여 있던 가방에서 파일을 꺼내더니 A4용지로 프린트한 묶음을 건네주었다. 신문기사를 캡처한 것들이었고 앞장은 그 기사들의 목록이었다.

'국가보안법 피해사례 리스트'라는 제목 아래, 간첩 조작사건 피해사례가 죽 적혀 있었다. 1958년 진보당 사건으로 사형 집행 되었던 조봉암이 2011년 재심으로 무죄선고가 내려진 것을 시작으로 유럽 거점 간첩단사건, 김장현 등 2012년 무죄, 재일동포 유학생 이종수 간첩사건 2010년 무죄, 문인 간첩단사건, 납북어부들과 조총련 간첩사건까지 피해자와 무죄선고 연도만 적은 것이 세 장이나 되었다.

"끔찍하지 않니? 이게 대한민국의 민낯이야. 멀쩡한 사람들을 간첩으로 몰아서 사형시키고 징역 살게 하고, 한 사람의 인생이나 그 가족들의 삶 따위는 안중에도 없어."

연주는 식은 커피를 급하게 한 모금 마시고 다시 말을 이었다.

"기표 씨 사건은 김영삼 정부 때였기 때문에 우리가 더 패닉이었잖아. 군부독재를 종식시키겠다고 문민정부를 표방했던 때잖아. 그래서 안기부장을 민간인 출신, 외대 교수를 임명하고 도청팀도 해체하고, 정치공작에서 손 뗀다고 선언했잖아. 그런데 여기 봐봐. 김삼석, 김은주 남매 간첩단사건이 터진 게 바로 문민정부하에서였다고. 더 기막힌 건, 이 사람들 구속되고 1년 후에 안기부 프락치가 양심선언을 했거든. 남매사건이 조작이라고. 그런데도 안기부에서 작성된 허위 수사진술서가 검찰에서 그대로 인용되고, 판결문에까지 그대로 적용됐어. 기막힌 노릇이지."

경이로웠다. 내용은 공분으로 가득한데 마치 남이 써준 스크립트를 읽는 듯 감정이 느껴지지 않았다. 방송화면 속 앵커가 내 앞에 앉아 있는 것 같았다. 정권이 바뀌고 시사프로들이 하나둘 폐지되면서 연주도 방송에서 하차했다는 뉴스를 어디

선가 본 것 같았다. 그 덕에 시간이 넘치는지, 자료를 머릿속에 꿰고 있었다. 그런데, 여보세요. 그거, 기표와 내 경우도 다르지 않거든. 그런데 너는, 그때 검찰 측 발표를 대변하듯 기사를 썼잖아. 그랬으면서, 지금은 마치 자신이 피해자라도 된 것처럼 분노하고 있구나.

당시에도 그랬지만, 지금도 이해할 수 없었다. 약혼자가 연관된 사건이었다. 나에 대한 분노 때문에 아무리 눈이 멀었다고 해도, 나에 대한 공격은 기표가 간첩이라는 걸 전제로 해야 성립되었다. 그런 식의 논리는, 당연히 기표에게도 불리했다. 연주가 그걸 몰랐을 리 없었다. 나에 대한 분노 때문에 기표에게도 적개심이 불타올랐던 걸까? 그게 아니라면, 검찰과의 관계 때문에 어쩔 수 없었던 걸까? 지금 내 앞에서 저렇게 공분하고 있는 연주가 그때의 연주와 같은 사람일까? 어쩌면 저 모호함이야말로 연주의 정체성인지도 몰랐다. 한때나마 연예인 못지않은 인기를 구가할 수 있었던 것은, 바로 저 교묘한 줄타기 덕인지도.

"내가 잘 아는 변호사가 있거든. 국가폭력피해자들을 주로 변호하는 실력 있는 분이야. 그분과 내가 면밀하게 검토해봤는데, 우리도 승산이 있다는 거야."

연주가 내게 원하는 건, 기표와 함께 재심을 신청하자는 거였다.

나는 관심 없었다. 발가벗긴 채 대로에서 조리돌림당하던 변이숙은 그때 죽었다. 대한민국의 엄정한 사법에 의해 죽임을 당했다. 부관참시라도 하자는 것인가.

"그런데 재심은 신청한다고 다 되는 게 아니야. 재심을 할지 말지는, 원심을 뒤집을 만한 새로운 증거가 있어야 받아들여지거든. 정식으로 재심이 시작되는 건 그 이후야. 그런데 내가 바로 그 증거를 찾았잖아?"

연주는 득의에 찬 미소를 띠었다.

"너도 놀랄걸? 상운이. 이상운. 기억하지? 걔가 정말로 안기부 프락치였더라니까. 내가 걔를 추적해서 찾아냈잖아. 그리고 내가 설득에 설득을 해서, 마침내 걔 마음을 돌려놨다는 거 아니냐. 걔도 죄책감 때문에 힘들었다고 하더라. 걔가 증인으로 나서주기로 했어."

연주는 내가 칭찬이라도 해주길 바라는 얼굴이었다. 그러나 그 순간의 나는, 상운보다는 내 앞에 앉아 있는 연주의 사과를 받고 싶었다. 아니, 사과 따위 바라지도 않았다. 자신의 과거를 까맣게 잊은 듯 해맑은 표정으로 떠들고 있는 연주가 역겨웠다. 연주의 태도는 마치 바뀐 세상에 대해 자신의 지분을 요구하는 것처럼 당당했다. 그런 그녀와 마주 앉아 있는 내 자신이 오히려 말할 수 없이 비참했다.

가슴이 답답하고 호흡이 가빠지더니 식은땀이 나기 시작했다. 연주가 두 개 세 개로 겹쳐 보였다.

"그만 가야겠어."

나는 벌떡 일어나 커피숍을 나왔다. 황급히 뒤따라 나온 연주가 내 팔을 움켜잡았다.

"이렇게 가버리면 어떡해?"

나는 가슴을 움켜쥐면서 연주를 노려보았다. 내 눈빛이 심상치 않았는지, 연주가 움찔하며 내 팔을 놓았다.

"알았어. 갑작스러운 얘기라서 당황한 거 같은데, 시간을 좀 갖고 다시 얘기하자."

연주는 핸드백을 뒤져 명함 한 장을 내 손에 쥐여주었다.

연주의 전화를 피하자, 이번엔 변호인으로부터 전화가 걸려왔다. 변호인도 연주도 정작 재심 당사자인 기표에 대한 언급이 없는 게 이상했다.

"저도 현기표 씨는 아직 못 만났습니다. 지금은 아내분과 재심신청을 준비 중입니다. 현기표 씨가 건강이 좋지 않아서 병원에 있다는 말을 들었습니다만, 곧 만나게 될 겁니다."

나는 재심을 신청할 생각이 없다고 말했다.

"송연주 씨는 그렇게 말하지 않던데……."

끝을 흐리는 그의 목소리가 갸우뚱했다. 그러나 이내 균형을 찾은 듯 처음의 정중한 목소리로 돌아왔다.

"그 심정 이해합니다. 잊고 싶은 기억을 떠올리는 게 고통스러우실 겁니다. 하지만 현기표 씨와 변이숙 씨 사건은 국가폭력과 관련된 몹시 중요한 사건입니다. 대한민국의 민주주의와 인권을 위해서도 반드시 정정되어야 할 재판입니다."

그는 몹시 절제된 어휘를 골라서 말했다. 불의에 저항하는 이의 정의감이 목소리에서도 풍겼다. 자신의 제안을 거부하는 것은 정의를 외면하는 거라는 비난도 깃들어 있었다. 정작 내가 국가폭력의 피해자가 되었을 때는 모두 침묵하다가, 민주주의와 인권을 위해서 다시 한번 제물이 되라는 말이었다.

"저는 하지 않겠습니다."

변호인은 잠시 멈칫했으나, 곧 말을 이었다.

"천천히 생각해보셔도 됩니다. 재일동포들의 경우에는 한국에 오는 게 무서워서 재심을 기피하는 분들도 있습니다. 특히 국가폭력사건의 경우에 이런 트라우마를 겪고 계신 분들이 많습니다. 그런데 지금 두 분의 경우에는 이상운 씨가 당시 자신이 안기부 프락치였다는 걸 증언하겠다고 나섰기 때문에 승소할 가능성이 높습니다."

"그래도 하지 않겠습니다."

사무적이면서 정중한 그의 목소리가 타이르는 듯한 어조로 바뀌었다.

"이러지 말고, 만나서 얘기를 하면 어떨까요?"

"그러고 싶지 않습니다."

"흠, 오해하지 말고 들으세요. 혹시나 해서 말씀드리는 거니까, 참고만 하십시오. 만약 비용 때문에 주저하시는 거라면, 그건 걱정하지 않아도 될 겁니다."

"그래도 하지 않겠습니다."

한숨 소리가 깊었다. 전화기 밖으로 입김이 새나올 것 같았다. 그는 이런 얘기를 전화로 하는 게 한계가 있으니 일단은 자료를 메일로 보내주겠다고 했다.

한동안 잠잠하던 증상들이 한꺼번에 몰려오기 시작했다. 안압이 급격히 올라 눈의 실핏줄이 터졌다. 사람들이 집으로 쳐들어오는 악몽 때문에 집 밖으로 나가는 것도, 불을 켜는 것도 두려웠다. 내가 그들의 손바닥 안에 있는 것 같았다. 나는 왜 조한나라는 이름을 버리지 못했던가. 더 이상은 집에 있을 수가 없었다.

그때 떠오른 게 마르코였다.

그곳에 신(神)은 없었다.

믿음은 우리를 한 구덩이로 몰았다.

끝없이 떨어지며 나는 아직 바닥에 닿기를 희망한다.

그날 우리가 죽인 것은 무엇일까.

우리는 살아 있는 것인가. 구덩이 속에서 몸이 섞인다.

하나로 모인다. 아이의 두 손에 담길 만큼 작아진다.

이것은 또 다른 신(神)의 모습.

팬텀 코멘더
|
보이보디나

마르코와 나는 세르비아의 보이보디나 자치주에서 열리는 북토크에 참석하기 위해 자동차에 올랐다. 보이보디나는 숱한 전쟁을 거치면서 한때는 오스트리아 – 헝가리제국 내의 세르비안 공국이었다가 1차대전 후 제국이 해체되면서 세르비아에 편입되었고 2차대전 후에는 유고슬라비아로, 유고 내전을 거치면서 다시 세르비아의 자치주가 되었다. 그사이에도 숱하게 분할되고 반환되면서 다양한 민족들이 정착과 축출을 반복해온 결과 지금은 스무 개가 넘는 소수민족들이 거주하고 있는데 이들 중 헝가리인들의 비중이 가장 크다고 했다.

마르코의 설명을 듣는데 멀미가 날 것 같았다. 머릿속에서 국경선이 파도처럼 너울거렸다. 유럽대륙에서 국경이 움직인 흔적들을 슬로비디오로 찍어놓으면 조개껍질 무늬가 생길 것 같았다.

북토크는 헝가리 커뮤니티에서 주관하는 것이었다. 나쟈는 베오그라드에서 출발해서 점심 무렵 합류할 거라고 했다. 나쟈가 온다고 했었나? 그런 말을 들은 기억이 나지 않았다. 그런데 알고 보니 마르코를 북토크에 다리를 놓아준 것이 나쟈였다.

"나쟈가 보이보디나로 오는 거야?"

"아니, 자코보에서 만나서 같이 보이보디나로 갈 거야."

"자코보? 그건 어느 나라야?"

"크로아티아. 거기서 점심 먹고 오시예크에서 잘 거야."

"그건 또 어디?"

"거기도 크로아티아."

"나쟈는 세르비아에서 크로아티아로 넘어와서 다시 세르비아로 넘어가는 거네."

"나쟈가 오시예크에서 뭔가 할 일이 있나봐."

"국경을 고무줄 넘듯이 왔다 갔다……, 신기해."

"나는 섬 같은 한국이 더 신기해."

"우리는 서로가 신기하구나."

"풀라 알아? 이스트리아 반도에 있는 지명인데, 내 전처의 고향이야."

"제임스 조이스가 잠깐 살았던 곳 아니야?《더블린 사람들》 때문에 아일랜드에서 온갖 송사에 시달리다가 도망쳤을 때."

"맞아. 내 전처 아버지는 국적이 네 번 바뀐 사람이야. 오스트리아제국이었다가 이탈리아였다가 유고슬라비아, 지금은 크로아티아."

"유럽 역사에는 그런 일이 흔하지 않나? 그래서 나는 유럽 사람들은 국경이니 민족이니 이런 것에 둔감할 거라고 생각했는데."

"민족주의, 인종주의, 종교 근본주의, 이런 건 조커 같은 거야. 필요할 때마다 꺼내서 써먹는 카드지."

"나치라는 충격적인 경고가 있었는데도, 소용없나봐."

"권력에 눈먼 사람들에게는 경고가 아니라 교과서인 셈이지. 물론 무늬를 살짝 바꿔가면서. 인종청소라는 말 들어봤어?"

"끔찍한 말이야."

"언제 유명해진 말인지 알아?"

"유고 내전 때란 말이야?"

"그 말이 대량으로 유포된 건 보스니아 내전 때야. 보스니아는 세르비아에 비하면 턱없이 약했으니까, 국제사회를 향해서 메이데이를 외쳤지만 반응하는 나라가 없었어. 싸늘한 국제 여론을 환기시키기 위해서 보스니아가 끌어들인 게 미디어야. 굴지의 미국 PR회사가 보스니아 정부와 계약을 맺고, 보스니아 상황을 면밀하게 들여다보다가 세르비아군 점령지에서 이슬람교도만을 선별해서 추방하고 있다는 정보를 캐치했지. 그때 피알 회사가 뽑아낸 카피가 바로 인종청소야. 발칸의 민족, 종교 문제를 이해시키는 건 쉬운 일이 아니야. 하지만 특정 종교인을 선별해서 솎아낸다? 그건 서구 사람들의 트라우마를 자극하거든. 물론 우리에게는 이미 불멸의 어휘가 있지. 홀로코스트. 하지만 까딱 잘못 쓰면 역풍을 불러온다는 걸 피알 회사는 이미 경험했더군. 그 말을 한번 썼다가, 미국 유대인 사회의 반감을 산 거야. 보스니아 사태가 비극인 건 맞지만 감히 홀로코스트와 비교하다니, 그건 홀로코스트 희생자에 대한 모독이란 거지. 그래서 대체재로 찾아낸 게 인종청소야. 카피의 파괴력은 엄청났어. 아무도 관심을 갖지 않던 내전에 서구의 미디어들이 주목했으니까. 낯설기만 한 지명이나 종교문제를 이해시키려고 리포터가 장황하게 설명하는 동안 채널은 돌아가 버렸을 텐데, 인종청소라는 말 한마디로 정리된 거지. 가해자와 희생자도 감쪽같이 바꿀 수 있는 게 미디어야."

그때 나는 무엇을 하고 있었던가. 발칸전쟁을 보도하는 뉴스를 본 기억이 나지 않았다. 어쩌면 채널을 돌리던 사람 중에 나도 끼어 있었을지 몰랐다.

"유고슬라비아는 사회주의권 중에서도 잘 사는 편이었다던데, 그때 실험했던 시스템 중에 지금도 남아 있는 게 있어?"

"사회주의를 경험한 나라들이 자본주의화되는 건 그 어느 자본주의 국가보다 빨라. 특히 부패는 빛의 속도지. 소련의 위성도시들 대부분이 이념이나 체제가 바뀌었지만 정부 요직은 여전히 공산당 시절의 간부들이 차지하고 있거든. 어차피 부패 관리였던 그들은 사회주의보다 자본주의가 부정부패를 저지르기에 더 편리한 시스템이라고 생각해. 게다가 부를 마음껏 과시할 수도 있으니 얼마나 좋아? 크로아티아 수상도 부패혐의로 지금 감옥에 있잖아."

흙먼지 날리는 황량한 벌판을 몇 시간 달리자 포도밭이 나
타나기 시작했고, 끝없이 펼쳐진 경작지를 지나고 농가 주택이
하나둘 보이더니 멀리 지평선에 등대처럼 교회 첨탑이 나타났
다. 자동차가 멈춘 곳은 자코보라는 작은 도시였다.

마르코가 전화를 걸면서 운전석에서 내렸고 나도 따라 내
렸다. 다섯 개의 도로가 만나는 로터리였다. 그중 가장 큰 도로
는 작은 광장으로 연결되었고 그 끝에 거인처럼 도시를 굽어보
고 있는 형상의 성당이 있었다. 그동안 지나온 작은 도시들도
대개 비슷했다. 작은 광장과 커다란 성당, 혹은 정교 예배당, 그
리고 가끔 이슬람 사원.

나쟈가 이미 도착해서 어느 식당에서 기다리고 있다고 해
서 그리로 찾아갔다. 구석에 앉아 있던 나쟈가 손을 흔들었다.
나쟈는 나와 가볍게 허그를 했고 마르코와는 깊은 포옹과 키스
를 했다. 레스토랑은 1층이었음에도 어둑했고 손님도 없었다.
손님이 없어서 조명을 밝히지 않은 것인지 원래 어두운 것인지
알 수 없었지만 어쩐지 영업을 하지 않는 분위기였는데도, 어
둠 속 어딘가에서 웨이터가 나타나 주문을 받았고 잠시 후 음
식이 나왔다. 나쟈는 구운 채소를, 마르코와 나는 미트스튜를
주문했는데, 구운 채소는 호박, 브로콜리, 아스파라거스, 피망
같은 것만 접시에 한가득 담겨 있었고 미트스튜는 오직 고기만

그득했다. 채소와 고기를 적당히 섞는 식의 타협은 용납할 수 없다는 결기 같은 게 느껴졌다.

두 연인은 그동안 쌓인 이야기를 나누느라 식사는 하는 둥 마는 둥이었다. 어차피 알아듣지도 못했지만 그럼에도 나는 그들이 신경쓰지 않도록 허기진 표정으로 포크와 스푼을 놀렸다. 애인의 아파트에서 동거를 하다가 넌더리가 난 마르코는 나쟈가 바쁜 게 숨통을 틔워줘서 좋다고 했지만, 나쟈는 어째서 늘 자기만 마르코의 집으로 가야 하냐고 불만이 많다고 했다. 마르코는 홀어머니와 함께 사는 나쟈의 집에서는 섹스도 맘 편하게 할 수 없다고 핑계를 대면서 애인의 주거지와 사랑 사이에는 아무런 연관이 없다고 말했다. 하지만 마르코는 베오그라드를 그다지 좋아하지 않았다. 내 눈에도 뻔히 보이는데 애인이 눈치채지 못할 리 없었다.

식사 후에는 거리 구경을 했다. 우리는 작은 광장을 천천히 가로질러 교회로 들어갔다. 나쟈는 제단으로 성큼성큼 걸어가 한쪽 무릎을 꿇고 기도를 했고, 벽에 부조된 성인들의 조각상마다 입을 맞추었다. 마르코는 교회 앞에서 서성대고 있었다.

"넌 기도 안 해?"

마르코가 고개를 저었다.

"어릴 땐 성당에 다녔지만, 지금은 아냐."

피식 웃는 마르코의 얼굴에서 피로감이 슬쩍 묻어났다.

교회를 둘러보던 나는 벽에 구멍이 숭숭 뚫려 있는 걸 발견했다. 총알구멍이라고, 마르코가 알려주었다. 총알구멍은 아래쪽에 집중되어 있었다.

*

그날 우리는 드라바강이 내려다보이는 호텔에 여장을 풀었다. 호텔 앞 광장으로는 전차가 지나갔다. 오래된 석조건물이 늘어선 거리에는 커다란 플라타너스 이파리가 바람에 뒹굴었다. 저녁을 먹을 때 나쟈는 책 한 권을 나에게 보여주었다. 조소 데프란체스키(Joso Defrančeski)라는 저널리스트가 쓴 책이라고 했다. 1차대전 중 오—헝제국 군대가 크로아티아 민간인들 수천 명을 추방할 때 아홉 살의 조소와 그의 가족들도 오스트리아 수용소로 추방되었다가 3년 만에 돌아왔는데, 그의 할아버지와 동생은 그곳에서 죽었다고 했다.

"이 책은 난민캠프에서 벌어졌던 전염병, 기근, 비인간적인 상황을 폭로한 거야. 이후에 그는 아르헨티나 대사관에 파견되어서 일하다가 1970년대에 실종되었는데, 아르헨티나 군부독재에 저항하는 반체제 인사들을 제거할 때 거기에 연루되었을 거라고 추정되고 있어."

나쟈는 그의 책을 세르비아어로 번역하던 중 그가 이 책을 쓰던 당시에 살던 집 주소를 알게 되었는데, 마침 이곳에 왔으니 반드시 찾아보고 싶다고 했다.

마르코가 주소를 들고 앞장섰다. 밤 안개가 자욱했다. 우리는 중심가에서 벗어나 더 깊은 안개 속으로 들어갔다. 안개 속에서 우리는 점점 희미하게 지워지고 있었다. 발목은 이미 안개에 먹혀서 보이지 않았다.

주소지 앞에 도착했을 때, 안개는 더욱 농밀해져 있었다. 나쟈는 오른손을 현관 옆 기둥에 대고 짧게 기도했다. 아직 떨어지지 않은 플라타너스 이파리 몇 개가 가로등 불빛 아래서 그림자를 드리웠다. 나쟈는 책을 펼치더니 나지막한 목소리로 읽기 시작했다. 이것이 마르코가 초청받았다는 북토크인가. 플라타너스 이파리가 뒹구는 스산한 밤거리에서 책을 낭송하게 되리라고는 예상치 못한 일이었다. 그러나 노란 불빛과 안개가 빚어내는 몽환적인 분위기 속에서 더할 나위 없이 자연스러워 보이는 것도 사실이었다.

잠시 후 창문이 소리도 없이 열렸다. 불도 켜지 않은 채 나타난 머리가 하얀 초로의 부인은 차분한 사람이었다. 불쾌해하거나 놀랄 만도 한데, 무슨 일이냐고 묻지도 않고 바라보고만 있었다. 나쟈는 책 읽던 것을 중단하고 창문으로 다가갔다. 창문은 나쟈 얼굴보다 조금 높아서 부인을 우러러보는 자세가 되었다. 나쟈는 부인에게 책을 보여주며 작가에 대해 들려주었다. 부인은 저자와는 상관도 없고 그런 사람이 이 집에 살았다는 것조차 알지 못하는 무구한 표정이었으나, 깊은 이해심으로 고개를 끄덕이며 귀를 기울였다. 나쟈는 차분한 부인에게 그

책을 선사했다.

그날 밤의 꿈은 마치 그날 저녁의 연장인 것 같았다. 강제
수용소로 끌려갔다는 작가 조소의 집 창문 아래 담벼락에는 총
알구멍이 숭숭 뚫려 있었다. 마치 석회화된 허파 같았다. 구멍
마다 눈동자가 하나씩 바깥을 노려보고 있었다. 잿빛 눈동자는
차분한 부인일 거라고 나는 생각했다. 나머지는 죽은 작가의
어머니이거나 아내일지 몰랐다. 그래도 너무 많다고 생각하는
데, 누군가 부스스 일어나더니 창문을 열었다. 불빛 아래 얼굴
을 드러낸 건 기표였다. 파란 수의를 입고 있었고 얼굴마저 파
랗게 질려 있었다. 뭔가 간절히 말하고 싶은 얼굴이었다. 그러
나 입을 여는 순간 울컥, 토악질을 했는데 피가 뭉턱 솟구쳤다.
내 얼굴이 피범벅이 되었다.

순간 잠에서 깨어났다.

꿈에 기표가 보인 건 처음이었다. 나는 손바닥으로 얼굴을
훑었다.

여기서 뭘 하고 있느냐. 그건 언페어한 일이다.

문득 자그레브의 꽃시장에서 마주쳤던 검은 옷을 입은 여
인까지 기억 속에서 뛰쳐나와 나에게 호통을 쳤다.

*

한마디도 알아듣지 못할 거라는 건 이미 예상하고 있었다. 팔순의 원로작가이자 영문학 교수의 대담으로 시작된 행사는 젊은 시인들과의 인터뷰로 이어졌다. 분위기는 진지했고 3, 40명가량의 청중들은 그들에게 집중하고 있었다. 옆에 앉아 있던 나쟈가 내게 속삭였다.

"네 심정을 이제 이해하겠어."

그제야 나는 그들이 하고 있는 말이 헝가리어라는 걸 깨달았다. 어차피 나에게는 그게 그거였지만. 중국의 조선족 자치구에서 조선말로 문학행사를 하는 것과 비슷하겠다고, 나는 이해했다. 그렇게 생각하자, 단 한마디도 알아들을 수 없던 그들의 말이 영혼의 필터를 거치면서 번역이 되는 듯했다. 소수자들만의 섬세한 떨림은 참새의 입김처럼 가뭇없이 사라지는 가냘픈 것일 터였다. 조금만 어긋나도 주파수를 맞출 수 없다. 그럼에도 숨결이 끊어지지 않고 유구하게 이어지는 그것을 어떻게 설명할 수 있을까. 어쩌면 바로 그 가냘픔 때문은 아닐까. 까딱 잘못해서 놓치면 가뭇없이 사라질지 모른다는 절박함, 그 역설.

나쟈와 마르코가 게스트로 선 북토크는 세르비아어로 진행되는 것 같았다. 나쟈는 전날 나에게 보여준 번역본을 펼쳐가며 마르코와 주거니받거니 대담을 이어나갔다.

행사는 밤 열 시가 다 되어서야 끝이 났다. 강연자들과 참석자들은 강당 뒤 탁자에 준비된 라키야를 마시며 삼삼오오 모여서 담소를 나누었다. 행사를 총괄해서 진행하는 시인이 나를 한국에서 온 번역가라고 소개했다. 팔순의 노 작가는 헝가리인들은 아시아인들과 유전자가 비슷하다면서 반가워했다. 한쪽 눈을 찡긋거리며, 헝가리인들 중에도 눈꼬리가 날카로운 사람들이 많다고 했다. 다리가 늘씬하고 키가 큰 할머니는, 소비에트 연방 시절 헝가리 정부기관의 비서였다고 자신을 소개했다. 내 옆자리에서 간간이 영어로 통역해주던 사내는 베오그라드 대학교수인데 뜻밖에도 한국에 대해 많은 걸 알고 있었다. 나는 알지도 못하는 한국 축구선수 이름을 대며 팬이라고 하더니, 한국사람들이 정말로 개고기를 먹느냐고 물었다. 자기는 편견도 없고 다른 나라의 문화를 이해하려고 노력하지만, 이렇게 단서를 붙인 뒤 스마트폰을 꺼냈다. 그는 사진 한 장을 보여주며, 얘는 먹을 수 없다고 했다. 사진 속에서 그가 푸들을 안고 웃고 있었다. 나는, 한국사람들도 자기가 키우는 개는 먹지 않는다고 말하려다가 어린 시절 아버지가 집에서 키우던 개를 잡아먹은 걸 떠올리고 입을 다물었다.

그렇게 행사가 마무리되는 줄 알았으나 밖으로 나온 그들은 어딘가를 향해 줄지어 걸어갔다. 자정이 가까운 시간인데 저녁을 먹으러 간다고 했다. 거리는 캄캄했고 역시 안개가 자욱했다. 군데군데 켜진 노란 나트륨 등이 수채화 물감처럼 번졌다. 골목을 돌아 어딘지도 모르는 곳을 한참 걸었다. 도무지 무언가 있을 것 같지 않았다. 고물 자동차들이 띄엄띄엄 주차되어 있는 사이로 두런두런 얘기를 나누며 걸어가는 이들의 뒷모습을 바라보면서 걸었다. 신기루처럼 안개 속에서 하얀 불빛의 간판이 나타났다.

긴 테이블에 음식이 풍성하게 차려져 있었다. 이들이 헝가리인이 분명하다는 것을 나는 그들의 언어가 아닌 음식으로 확인할 수 있었다. 굴라쉬 스프와 올리브 오일에 새콤달콤하게 재운 파프리카는, 부다페스트 레스토랑에서 먹어본 것들이었다.

나샤와 마르코의 북토크 사회를 본 헝가리 작가는 모차르트처럼 독특한 웃음소리를 가진 사람이었다. 한번 들으면 잊어버릴 수 없는 웃음소리였다. 시니컬하고 위트가 넘치는 사람이었다. 어떤 작품을 쓰는지 궁금했다.

"간신히 첫 작품이 나올 예정. 소설은 엉덩이를 붙이고 있어야 하는 작업인데, 내가 제일 못하는 게 바로 그것. 하하하하하하하."

"그래서 제목이?"

"팬텀 코멘더."

"어떤 내용?"

"어떤 지역에서 전쟁을 선포했으나 적은 오지 않고 서로 감시하다가 미쳐가는 상황을 그린 거야. 나중에는 급기야 적을 만들어내는 블랙코미디지. 하하하하하."

"흥미로운 설정이네. 유고 내전을 풍자한 것?"

"그렇다고 할 수도 있고……, 세상이 다 그렇지 않나?"

"그런가?"

"헝가리에 작가협회가 두 개 있어. 보수적인 단체와 진보적인 단체라고 할 수 있는데, 그중에서 보수단체의 늙은 작가 하나가 전체 작가들에게 메일을 보냈는데, 내용이 뭔지 알아?"

"뭔데?"

"자기 장례식 안내 메일."

"자기 장례식?"

"프로모션이야. 하하하하하하하하하."

"너는 내전에 참전했었니?"

"도망다녔지. 징집을 피하려고 헝가리로 도망을 갔는데 여권 유효기간이 하루밖에 안 남았더라고. 그래서 시장에게 탄원서를 계속 써서 보냈어. 탄원서를 쓰고. 또 쓰고, 그러다가 소설가가 되었어. 하하하하하하하"

잃어버린 고향

|

부코바르

또다시 국경이었다. 마르코가 세 사람의 여권을 내밀었고 그걸 본 검문소 직원이 히죽거리며 뭐라고 말했다. 나쟈가 복화술사처럼 입술을 움직이지 않고 속삭이듯 내게 통역을 해주었다.

"코리안은 처음이래. 여권을 콜렉트하고 싶대."

여권을 뒤적거리던 그가 또 뭐라고 하자, 나쟈가 가방을 뒤져서 서류를 내밀었다.

"어제 행사 진행자가 만들어준 숙박증명서야." 나쟈는 얼굴을 창밖으로 향한 채 설명했다. "마르코나 너처럼 외국인들에게는 이게 필요한가봐. 나도 이런 증명서는 처음 봐."

나도 속삭이듯 물었다.

"뭘 증명하는 건데?"

"어디서 잤는지를 확인하는 건가봐."

"친구 집에서 자면 어떻게 해?"

"그런 경우에는 경찰서에서 만들어야 한다더라."

마르코는 검문소 직원과 몇 마디 더 주고받은 후 여권을 돌려받았다.

"뭘 물어?"

"문학 페스티벌에 다녀온다고 하니까 한나는 뭐 하는 사람이냐고 물어서, 사이언스픽션을 쓴다고 했지. 그러니까 더 이상 묻지 않더라."

"스마트하네."

나쟈가 마르코의 머리를 쓰다듬었다.

"저 사람들이 주로 감시하는 건 술과 담배야. 세르비아 국경을 넘는 순간 가격이 두 배로 뛰거든."

내가 어제 담배를 샀다고 말하자, 두 사람이 동시에 돈 벌었다며 좋아했다. 우리는 밀수꾼들처럼 불량하게 킬킬거렸다.

검문소를 지나고 10여 분쯤 달리자 부코바르였다. 나쟈와 마르코가 어린 시절에 살던 곳이었다. 두 사람은 연인이 되고 나서야 고향이 같다는 사실을 알게 되었다. 유고 시절, 부코바르에는 세르비아 사람들이 많이 살았는데, 마르코가 살던 동네에 특히 많았다고 했다. 그래서 부코바르 학살 소식을 들었을 때 패닉에 빠져버렸어. 그때 난 징집상태였거든. 그런데 그 난리 통에 우리 가족들이 부코바르를 빠져나올 수 있었던 건 순전히 이웃에 살던 세르비아 사람들 덕이었어. 그 말을 듣고서야 나는 마르코가 내전에 참가했다는 걸 알게 되었다.

그때 너는 어디에 있었는가?

이런 질문을 나는 차마 하지 못했다. 내전 때 마르코가 이십대였으니 피할 수 없었을 테고, 불면증과 냉소적인 그의 태도는 그것과 관련 있을 거라고 막연히 짐작만 했었다.

나쟈가 부코바르에 들르자고 했을 때 마르코는 내키지 않아 했으나 나쟈가 고집했다. 두 사람 다 20여 년 만에 처음 찾는 고향이었다. 유럽을 관통하는 도나우강이 흐르는 작고 조용한 도시였다. 강 건너는 세르비아 땅이었다.

"여름이면 아버지를 따라서 밤낚시를 하곤 했어. 밤하늘, 별, 물 흐르는 소리, 그때는 내가 앉아 있던 강변이 세상의 전부인 것 같았는데……. 그 세상이 영원히 계속될 줄 알았어."

"이제는 여기서 낚시를 못하게 된 건가?"

나쟈가 물었다.

"강이 국경이 되는 경우에는 강의 중앙을 경계로 삼는다고 알고 있어."

"어떻게? 부표 같은 걸 띄우나?"

부표 같은 건 보이지 않았다. 강폭은 그다지 넓지 않아서 물장구 몇 번 치면 건널 것 같았다. 우리는 자동차에서 내려서 강변을 향해 걸었다. 가는 길에 박물관이 보였으나 마침 토요일이어서 문이 닫혀 있었다. 안내 게시판에는 키릴문자와 크로아티아어가 병기되어 있었다. 박물관 옆에는 아파트 단지가 있었는데, 그 사이로 빠져나가려고 했으나 그 끝 강변에 국경 표시가 되어 있었다. 강에 접근하는 건 불가능했다.

"우리 해석이 틀렸나봐."

"물고기들에게는 은총이군."

세르비아 들판이 훤히 건너다보이는 강 언덕에는 추모비가 우뚝 서 있었다. 세르비아군에 의해 희생당한 크로아티아 시민들을 추모하는 비라고 했다.

"그때 2천 명 가량이 살해당했어. 실종이 약 8백 명, 2만 명이상이 강제로 이주당했어."

독실한 세르비아 정교 신자였던 나쟈의 부모는 종교 갈등이 두려워서 베오그라드로 이주했다. 나쟈는 추모비 앞에 무릎을 꿇고 오랫동안 기도를 했다. 텅 빈 벌판을 향해 서 있는 추모비는 뒤늦게 국경 너머를 감시하러 나선 초소병 같았다. 마르코는 멀찌감치 떨어져서 시내를 바라보고 있었다.

마르코는 배가 고프다며 점심을 먹자고 했지만, 나쟈는 집을 먼저 찾아보고 싶다고 했다. 마르코는 나쟈가 가리키는 대로 천천히 자동차를 몰았다. 조그만 광장을 지나고 교회를 꺾어 돌아 자동차가 멈췄다. 나쟈가 자동차에서 내려 주위를 두리번거리다가 붉은 벽돌집을 향해서 걸어갔다. 마르코와 나도 나쟈의 뒤를 따라갔다. 비슷한 구조의 붉은 벽돌집들이 일렬로 늘어서 있었다. 창문 턱에는 붉고 노란 꽃이 핀 작은 화분들이 가지런했다.

가운데 집 현관문이 열리더니 코트를 입은 중년 부인이 나왔다. 그녀는 낯선 사람들을 발견하고 어리둥절한 표정으로 두리번거렸다. 나쟈가 부인에게 인사를 하며 말을 건넸다.

"미안합니다. 제가 20년 전에 이 집에서 살았어요. 혹시 그때 이 마을에 사셨던가요?"

"20년 전에요? 나는 이 집에 이사 온 지 3년밖에 안 됐어요."

"그러면 그전부터 이 마을에 살던 분을 아시나요?"

부인은 잠깐 생각하다가 머리를 저었다.

"그때 살던 사람들은 없습니다."

부인은 경계하는 눈빛으로 우리를 둘러보면서 자리를 떠났다. 나쟈는 멀어져가는 부인을 바라보았다. 마르코가 다가가 나쟈의 어깨를 감싸안고 걸었다.

"세르비아와 크로아티아 주민들 사이에 갈등은 아직도 끝나지 않았어. 크로아티아나 세르비아나, EU에 가입하고 싶어서 여기 부코바르에 와서 화해 무드를 조성하려고 했었지. 세르비아 대통령이 민간인 희생과 인종학살에 대해 사과도 하고. 그렇게 잘 봉합되는 것 같았지만, 언어문제가 터진 거야."

"언어가 왜? 비슷하다고 하지 않았어?"

내가 물었다.

"아까 박물관에서도 봤지? 인구의 3분의 1이 넘는 민족의 문자는 병기해야 하거든. 그래서 키릴문자를 병기했는데, 크로아티아 주민들이 현판을 부수면서 충돌사태가 빚어진 거야. 사

람들 가슴에 남은 앙금은 정치인 몇이 사과한다고 해소되는 게
아니니까."

마르코의 집과 나쟈의 집은 놀라울 정도로 가까웠다. 마을
안쪽 깊숙이 걸어들어가자, 돌담이 절반쯤 무너져내리고 잡풀
들이 우거진 곳이 나왔는데, 마르코가 그 앞에서 우뚝 멈춰 섰
다. 집 뒤는 곧바로 산으로 이어지는 외진 곳이었다. 참담한 표
정으로 둘러보던 마르코가 돌무더기에 걸터앉으며 담배 한 개
비만 달라고 했다.

"그때 난 우리 가족들이 몰살당한 줄 알았어. 연락이 닿지
않으니 미칠 지경이었지."

그때의 공포가 되살아나는 듯 마르코는 미간을 찡그리며
담배를 빨았다. 나쟈가 마르코의 무릎에 두 손을 올리고 마주
앉으며, "미안해"라고 말했다. 마르코가 짜증스럽다는 듯 고개
를 저었다.

"너를 비난하는 게 아니야."

"알아. 그래도 사과하고 싶어."

"네가 왜? 난 네가 세르비아를 대표한다고 생각하지 않아."

"그때 나는 크로아티아 사람들이 쫓겨가는 걸 보면서 눈도
깜짝하지 않았어. 아니, 당연하다고 생각했어."

"방송에서 그렇게 떠들어댔겠지."

"아니."

나쟈는 마르코의 눈을 똑바로 쳐다보면서 말했다.

"내 아버지가."

마르코는 담배꽁초를 던지며 일어났다.

"알았어. 그런데 그게 뭐?"

"아버지가 그런 거니까, 괜찮다고? 아니. 나도 거기에 동조했으니까."

"나쟈, 왜 이러는 거야? 나는 너를 그것과 연결 지어서 생각해본 적이 한 번도 없어."

"흥분하지 말고, 내 말 좀 들어봐. 마르코 네가 부코바르가 고향이라고 했을 때, 나는 이걸 정식으로 사과하고 싶었어. 왜냐고? 그래야 다음으로 넘어갈 수 있으니까."

"넌 그때 고작 십대 소녀였어. 어떤 의미에선, 너도 피해자야. 시시비비를 가리기 전에는 사과도 용서도 함부로 할 수 있는 게 아니야. 섣부른 화해나 용서는, 제스처일 뿐이야. 정작 가해자들은 침묵하거나 발뺌만 하고 있는데, 피해자들끼리 이러는 건 더 웃긴다고. 불쾌해서 견딜 수가 없다고."

두 사람을 바라보고 있던 나는, 돌무더기를 찾아 앉았다. 두 사람은 마치 연극을 하고 있는 것 같았다. 그들은 기표와 나의 도플갱어처럼 말하고 있었다.

부코바르는 특별할 것 없는 강변의 조용한 마을이었다. 그곳을 도드라지게 만드는 건 강변에 높이 치솟은 추모비와 그 너머 반파된 건물이었다. 거리 곳곳에는 총알 자국들이 그대로 남아 있었고, 주민들을 한곳에 몰아넣고 집단학살한 창고는 기념관이 되어 있었다.

　　돌아가는 길에는 먹구름이 잔뜩 몰려와 있었다. 갑자기 한밤중처럼 어두워지더니 비가 쏟아졌다.

스위트 컴즈 레이터
|
자그레브

버터를 두른 팬에 잘게 다진 양파가 노릇해질 때까지 볶다가 소고기 간 것, 바질과 민트 같은 허브와 다진 마늘을 넣고 다시 볶는다. 거기에 후추, 스파이시 파우더, 소금, 그리고 불린 쌀을 넣고 더 볶은 후 불을 끈다. 소금과 식초로 절인 양배추를 도마에 펴고 팬에 볶아둔 속 재료를 올린 후 여미듯이 싸준다. 양배추는 밀가루처럼 끈기가 없어 허술하게 보이지만 쉽게 속이 빠져나오지 않는다. 큰 냄비에 양배추로 싼 것을 차곡차곡 쟁여 넣는다. 취향에 따라 수제 소시지를 군데군데 박아 넣기도 한다. 냄비에 물을 자작하게 붓고 중불에서 두 시간 정도 푹 삶는다.

마르코의 집안에서 대대로 해 먹던 음식, 사르마를 만드는 방법이다. 마르코는 이 요리를 할머니가 해주던 레시피대로 해주겠다고 약속했었다. 이틀 후면 떠나는 나를 위한 마지막 정찬이었다.

"우리 만두 만드는 거랑 비슷하네."

만두가 밀가루 반죽을 얇게 펴서 속을 싼다면, 사르마는 절인 양배추로 싸는 것이 달랐다. 양배추 절인 것으로 싸면 김치만두 맛이 날 것 같았다. 김치가 그리웠던가? 나는 절인 양배추 가장자리를 도려내면서 자투리를 집어먹었다.

"그렇다면 다음에는 네가 만두를 만들어줘."

"그런 날이 올까?"

"물론. 너의 만두를 먹고 싶으니까."

"그런데 왜 두 시간이나 끓여야 해? 고기와 쌀은 이미 다 익혔잖아."

사르마를 기대하며 점심때 빵 하나만 먹고 기다린 나는 배가 몹시 고팠다.

"이 요리의 비밀 레시피가 뭔지 알아?"

마르코가 검지손가락을 흔들며 속삭이듯 말했다.

"기다림."

마르코는 파리에 있는 나쟈와 스카이프로 통화할 시간이라며 방으로 올라갔다. 나쟈는 우리와 헤어진 다음날 파리로 날아갔다. 나는 발코니로 나갔다. 나트륨 등이 낮게 엎드린 붉은 지붕을 은은하게 비추고 있었다. 이곳을 떠나면, 가장 그리울 풍경이었다.

잠시 후, 마르코가 계단을 내려오는 소리가 들렸다. 주방으로 가보니 냄비가 식탁에 올라와 있었다.

"나를 속인 거야?"

마르코는, 내가 먹고 싶어 하는 모습을 보니 골려먹고 싶었다면서 접시를 꺼냈다. 접시에 사르마 두 덩어리와 소시지 하나, 으깬 감자가 올려졌다.

"감자는 없어도 되는데."

"사르마를 먹을 땐 언제나 매쉬드 포테이토와 함께 먹어야 해."

"왜?"

"왜냐면, 음……, 늘 그랬으니까. 이게 바로 할머니의 레시피야."

나는 나이프로 사르마를 잘라서 입으로 가져갔다. 오감이 사르마에 집중되었다. 그건 무언가를 강력히 소환하는 맛이었다. 혀에서 느껴지는 맛이라기보다 온몸의 세포가 어떤 기억을 부르고 찾는 맛이라고 할까. 고향의 맛이랄까. 가족을 떠올리게 하고 추운 겨울날 그들이 모여 앉아 김이 설설 오르는 어떤 것을 먹고 있는 풍경을 떠올리게 하는 맛이었다. 그러나 나의 기억 속에는 없는 것이었다.

마르코는 호기심 가득한 표정으로 나의 반응을 기다렸다.

"만두는 한국사람들이 보통 설날에 먹는 음식이야. 새해 첫날에. 그래서 겨울날 가족들이 둘러앉아서 만두를 빚지. 만두를 예쁘게 빚으면 예쁜 아기를 낳는다는 말이 있어."

"우리도 새해 첫날 이 음식을 먹고는 해. 파티 음식처럼 우아한 음식은 아니고 가족들이 모여서 편하게 먹는 음식이야."

마르코는 자기 가족 얘기였고 나는 TV나 책 속에서 본 장면이었다.

마르코가 물었다.

"감동적이야?"

"진심으로. 마치 너의 가족사를 먹고 있는 기분이야."

"너, 여행하면서 트러플은 먹어봤니?"

"세계 3대 진미라는 버섯? 그렇게 귀한 걸 내가 먹을 수 있겠어?"

"무슨 소리? 그렇게 비싸지 않아."

"사실은 별로 궁금하지 않아. 3대 진미, 이런 것들."

"하지만 네가 여기까지 왔는데 트러플도 먹지 않고 간다는 건 내가 허락할 수 없지."

"도대체 어떤 맛인데?"

"어떻게 설명하면 좋을까?"

마르코는 턱을 쓰다듬으며 궁리하더니, 씨익 웃으며 말했다.

"얼씨 테이스트."

*

내가 트러플을 사오겠다고 한 건, 흙맛 때문이었다. 3대 진미 따위는 궁금하지 않은데, 흙맛은 궁금했다. 신선한 건 아니지만 올리브 오일에 보존 처리된 트러플을 파는 숍이 시내에 있다고 마르코가 알려주었다. 그리고 그것과 어울리는 화이트 파스타를 만들어주겠다고 했다. 내가 검색한 바에 의하면, 트러플은 남자의 스태미나에 좋다고 했는데, 사오겠다는 말만으로도 마르코는 의욕이 넘쳐서 파스타 면을 직접 만들겠다고 나섰다. 면까지 만드는 건 번거로우니 사자고 했지만, 마르코의 의욕을 꺾을 수는 없었다. 대신 트러플을 사오는 길에 정류장 근처 시장에서 치즈 한 덩어리와 사워크림을 사오라고 했다. 마르코는 자기 단골집 약도를 그렸는데, A4용지에 커다랗게 네모 칸을 그리고 가로세로 4분의 3정도 되는 지점에 동그라미 표시를 하며, "이게 할머니의 매대"라고 말했다. "이 넓은 시장에 할머니의 매대만 있다는 것이냐?"고 핀잔을 줬지만, 마르코는 아랑곳하지 않고 할머니 매대만 설명했다. 그리고 할머니에게 보여주라면서 지도 아래에 글씨를 써주었다.

"읽어봐. 내가 그대로 말해볼게."

"예단 메카니 시르 이 미예리추 비르흐니야."

소프트치즈와 사워크림을 주세요,라는 뜻이라고 했다. 내가 그 말을 따라 하자, 마르코가 폭소를 터뜨렸다. "그 발음, 너무 웃겨." 마르코는 비르흐니야를 발음할 때마다 숨이 넘어갈 듯 웃어댔다.

"종이를 보여주지 말고 그렇게 말로 해봐. 할머니가 나처럼 웃을 거야. 할머니 이름은 마리아야. 마리아, 하고 부른 다음에 말해봐."

자그레브를 발음할 때처럼 나는 오기를 부리며 비르흐니야를 발음해봤으나 그때마다 마르코는 배를 잡고 웃었다.

마르코는 알고 있을까. 일본 관동지역에서 지진이 일어났을 때 혼란한 민심을 수습하려고 천재지변의 이유를 조선인 탓으로 돌리고 조선인들을 학살했다는 것. 그때 일본인들 사이에서 조선인을 솎아낼 때 쓴 것이 이방인들이 모사하기 어려운 일본어를 발음하게 했다는 것. 호의를 가진 두 사람에게는 즐거운 게임일 뿐인 그것이 상황에 따라 생사를 가르는 기준이 되기도 한다는 것. 별것도 아닌 것으로 깔깔거리며 웃는 이토록 무해한 시간, 이것이 부메랑이 되어 서로를 갈갈이 찢고 증오하게 만드는 날이 올 수도 있을까? 마르부르크의 짧은 시간이 기표와 나의 평생을 갈라놓았듯이.

나는 냉장고에서 치즈케이크과 티라미수를 꺼냈다.

"언제 사놨어?"

"산책하다가 눈에 띄길래."

"너도 이제 스위트를 먹게 됐구나."

"여기는 너의 집이니까."

스위트를 먹으면서 남아 있던 소주를 한 잔씩 마셨다.

"소주 마시니까 한국 생각나?"

"아니. 돌아가기 싫어."

"크로아티아가 좋아서?"

"응."

"뭐가 좋은지 세 가지만 말해봐."

"네가 여기 있으니까. 그게 다야."

이제 돌아가면 마르코를 다시 볼 수 있을지, 기약할 수 없는 이별이었다.

마르코가 티라미수를 음미하며 말했다.

"스위트 컴즈 레이터."

마르코가 자기 방으로 올라가고 한 시간도 채 지나지 않아서, 다시 계단을 내려오는 소리가 들렸다. 책상에 앉아 있던 나는, 벌써 스위트가 필요한가? 생각했는데, 평소와 달랐다. 마르코는 계단을 내려오면서, 나를 부르고 있었다. 다급한 목소리였고, 주방 불이 환하게 밝혀졌다. 나는 방문을 열었다.

금방이라도 울 것 같은 표정으로 서 있던 마르코가 와락 나를 끌어안았다. 마르코는 몹시 떨고 있었다. 마르코는 나쟈와 연락이 안 된다면서 나에게 노트북을 가져와서 연결해보라고 했다.

파리 시내 바타클랑 극장, 괴한 총기 난사, 최소 100명 사망.

바타클랑 총기 난사 전, 생 드니의 스타드 드 프랑스 경기장 인근에서 거대한 폭발음 들려.

축구장 두 번째 폭발음은 자살폭탄테러로 알려져.

파리 10구 캄보디아 식당에서도 총격 소식, 10여 명 이상 사상.

파리 연쇄테러.

사르마를 먹기 전 나쟈와 스카이프로 통화를 했는데, 나쟈가 저녁 약속이 있다고 해서 길게 통화를 못했다고 마르코가 말했다. "논문 통과 기념으로 교수들과 저녁식사를 한다고 했어." 나쟈에게 계속 전화를 했지만 받지 않았다. 나쟈에게 아무일 없을 거라는 말은 위로가 되지 않았다. 인터넷에 올라오는 속보는 점점 끔찍해지고 있었고, 테러로 추정되는 지역이 자꾸 번지고 있었다.

냉장고에서 우유와 티라미수를 꺼내는 걸 본 마르코가 고개를 저으며 위스키를 달라고 했다.

"사실은 좀 다퉜어. 파리에서 일이 끝나고 집에 돌아가는 길에 자그레브에 들르면 어떻겠느냐고 내가 물었거든. 나쟈는 그 말에는 대답하지 않고 베오그라드에는 영영 오지 않을 거냐고 반문했는데, 그만 내 목소리가 커져버렸어. 지금 왜 그런 말을 하느냐고, 나는 지금 네가 보고 싶다고 말하는 거라고 소리쳤어. 별것도 아닌 걸 가지고 왜 자꾸 나를 몰아붙이냐고 신경질을 냈어."

마르코는 휴대폰을 만지작거리다가 위스키를 마셨다.

"사실은 부코바르에서부터 나쟈에게 신경이 좀 곤두서 있었어. 나쟈가 무슨 생각으로 그러는지 다 이해하는데, 그거랑 상관없이 거부감이 고개를 드는 거야. 그녀의 제스처가 불편했어. 심하게 말하면, 역겨웠어. 그런데 그런 생각을 하는 내가 또 싫어지고. 나쟈에게 위선이라고 말할 수는 없잖아. 하지만 연민으로 무엇이 달라지지? 용서니 화해니 하는 것들이 정치적인 제스처일 뿐이라는 걸 얼마나 더 지켜봐야 해? 값싼 용서나 연민의 눈물을 나는 더 이상 믿지 않아. 죄의식은 늘 피해자들의 몫이야. 가해자들에게는 처음부터 그런 감수성이 없으니까. 그자들은 자신이 무슨 짓을 한 건지 알지 못해.

눈앞에서 피를 쏟으면서 죽어가는 사람을 본 사람은 이전으로 돌아갈 수 없는 거야. 내 손으로 사람을 죽였단 말이야. 생각보다 몸이 먼저 움직인다는 말을, 그날처럼 실감한 적이 없어. 내 눈앞에 세르비아 군복이 나타났는데, 이해할 수 없었지. 세르비아군이 퇴각하고 정전 상태가 꽤 여러 날 이어지고 있던 때였고, 우리도 전열을 정비하던 중이었거든. 마침 볕이 좋아서 다들 빨래나 목욕을 하면서 쉬고 있었어. 나는 숲에 누워서 나뭇잎들과 햇살이 서로 희롱하는 걸 무연히 바라보고 있었어. 그런데 부스럭 소리와 함께 나타난 그를 보자마자 곧바로 옆에 있던 총을 들어서 쏜 거야. 대열에서 이탈한 건지 낙오한 건지 몰라도 그는 혼자였고, 나중에 보니 무기조차 없더라고. 사격 실력이 형편없어서 늘 야단을 맞던 내 총이 그의 심장을 명중시켰어. 가슴에서 붉고 뜨거운 피가 솟구치고, 그의 눈에서 빛이 사라지는 걸 나는 고스란히 지켜보고 있었어. 세상이 어찌나 고요하던지. 나무들조차 숨죽이고 지켜보는 것 같았지. 투명한 햇살 때문에 울컥거리며 피가 뿜어져나오는 게 장미꽃잎이 떨어지는 것처럼 보이더군.

내 총알은 그의 심장을 관통했지만 내 머리통에는 그놈의 눈동자가 박혀 있어. 암전이 되는 순간까지 나를 바라보고 있던 빌어먹을 그 눈동자가 말이야. 권력? 영토? 그게 그렇게 대단한 거라면 그런 거 다 가져가고 망해버리라고, 그리고 나는 그런 세상의 질서에서 깨끗하게 물러나기로 한 거야."

*

비라도 왔으면…….

나는 침대머리에 몸을 기댄 채 발코니 창을 바라보았다. 초겨울 햇살이 얼음송곳처럼 날카롭게 빛나고 있었다. 마르코는 등을 새우처럼 구부리고 깊은 잠에 빠져 있었다. 마르코는 위스키를 연거푸 마시다가 자정이 훨씬 넘어서 쓰러지듯 내 침대에 누웠다. 나도 그 옆에 누웠다. 얼굴을 베개에 묻은 마르코의 숨소리가 거칠었다. 그의 숨소리를 들으며 나도 잠 속으로 빠져들었다. 내가 잠이 깬 건 마르코가 한 번씩 경련을 일으키듯 몸을 떨었기 때문이었다. 마르코는 뭐라고 중얼거리다가 흐느끼기까지 했다. 마르코가 등을 보이고 있었기 때문에 나는 윗몸을 일으켜 마르코의 얼굴을 내려다보았다. 반쯤 어둠에 잠긴 그의 얼굴은 잠결에도 고통스럽게 일그러져 있었다. 나는 그의 젖은 눈동자에 입을 맞추었다. 그리고 뒤에서 그를 꼭 끌어안았다. 몇 번 더 신음 소리를 내던 마르코가 몸을 뒤척였다. 경직되었던 몸이 이완되는 게 느껴졌다. 숨소리도 고르게 리듬을 탔다. 그렇게 마르코와 나는 한 침대에서 자다 깨다를 반복하며 아침을 맞았다.

가늘게 숨소리를 내는 마르코 곁에서 세상은 고요했다. 테러는 이곳과는 상관없는 일이었다. 나쟈만 아니었다면, 마르코도 나도 파리의 테러 뉴스를 보면서 아침을 먹었을 것이다. 누군가 안타까운 희생이 있었구나, 나는 거기 없으니 괜찮아. 값싼 동정과 연민을 보낸 후 각자의 일상을 살아갔을 것이다.

사라예보에서도 그랬다고 했다.

TV 뉴스에서 세르비아군이 부코바르를 침략했다는 보도가 흘러나왔을 때, 안락한 자신의 거실에서 그걸 보고 있던 사라예보의 평범한 시민들 대다수는, 아, 정말 끔찍한 일이야, 하고는 채널을 돌렸다. 그리고 얼마 지나지 않아 사라예보는 그보다 더욱 참혹한 살육의 현장으로 변했다.

나는 한동안 논란이 되었던 사진 한 장을 기억했다.

밤하늘에 폭죽이 터지듯 불꽃이 타오르고 있었고, 사람들이 언덕 위에 비치 의자 같은 걸 내놓고 앉아서 그걸 구경하고 있었다. 불꽃이 얼마나 뜨겁게 이글거리는지 캔맥주를 마시며 웃고 있는 사람들 얼굴이 번지르르했다. 그건 시리아에 포탄을 퍼붓는 장면이었고, 구경하는 이들은 이스라엘 사람들이었다. SNS를 돌아다니는 사진에 붙여진 제목은 '나는 악마를 보았다' 였다. 그러나 의문이 들었다. 과연 그들만이 악마일까?

나쟈에게서 전화가 온 것은 그날 저녁이 다 되어서였다. 마르코는 간신히 정신을 차리고 일어나 커피만 마시고 다시 침대에 누워 있었다. 마르코는 휴대폰을 손에서 놓지 않았다. 설핏 잠이 들었던 마르코는 전화벨 소리에 벌떡 일어나 앉았다. 휴대폰을 든 마르코의 손이 가늘게 떨고 있었다. 눈이 그렁그렁해졌다.

나쟈는, 다친 데도 없고 안전하다고 했다. 전화를 받지 못하고 하지도 못한 건, 교수의 딸 때문이었다. 지도교수의 딸이 하필 바타클랑 극장에 공연을 보러 갔는데, 연락이 되지 않았다. 나쟈는 혼이 쑥 빠져버린 노 교수와 함께 밤새도록 병원을 돌아다니다가 마침내 교수의 딸을 찾았고 크게 다친 건 아니지만 간단한 수술을 해야 해서 그걸 기다렸다가 교수마저 혼절하듯 병원 침상에 눕는 걸 보고서야 집에 돌아왔노라고 했다.

"파리는 전쟁이라도 일어날 것 같은 분위기야. 올랑드 대통령이 비상사태를 선포하고 국경을 폐쇄한대."

나쟈의 목소리는 금방이라도 꺼질 듯 지쳐 있었다.

"비행기 편이 마련되는 대로 곧바로 돌아갈게. 사랑해, 마르코."

　패닉에 빠진 나쟈는 두 말 않고 마르코에게 가겠노라고 했다.

　그날 밤, 다시 전화를 건 나쟈의 목소리는 한결 진정된 상태였다. 당장 출국하겠다던 생각도 바뀌어 있었다. 그녀는 오히려 귀국 일정을 미루고 프랑스 정부가 이 상황을 어떻게 대처해나가는지 지켜보겠노라고 했다.

　"프랑스 정부가 시민들을 공포 분위기로 몰아넣고 있어. 오바마한테 도와달라고 하고 다른 유럽국가들까지 전쟁으로 끌어들이려고 해. 벨기에도 계엄을 선포했어. 이런 상황을 기다리기라도 한 것처럼, 이때다 하고 선동을 하고 있어. 마침 내가 여기 있으니 두 눈 똑바로 뜨고 지켜보고 싶어."

　나쟈다운 결정이었다.

　마르코는 나를 쳐다보며 어깨를 으쓱하더니 한숨을 푹 내쉬었다.

　"알고 보니 내가 투사랑 연애를 하고 있었네. 빌어먹을 세계사가 연애까지 방해하는군."

　나쟈가 역겹다고 말하던 표정은 아니었다.

*

　천천히 활주로를 달려가던 비행기가 속도를 올리며 이륙했다. 나는 등받이에 머리를 기대고 눈을 감았다.

"주말에 나쟈를 보러 파리에 가기로 했어."

마르코가 나를 공항까지 데려다주는 차 안에서 말했다.

"아직은 좀 혼란스럽지만, 어쩐지 좀 부끄러워졌어. 나는 마음속으로 나의 냉소를 나쟈의 연민보다 우월하다고 생각하고 있었거든. 이런 감정을 저울로 재고 있었다는 게 한심하더라. 어쨌든, 나의 냉소는 단절이겠지만, 나쟈의 연민은 다른 시작일 수도 있잖아."

다른 시작, 마르코는 냉소와 연민을 넘어선 그 무엇에 대해 말하고 있었다.

나는 고개를 돌려 창밖을 보았다. 도시와 산맥들 사이를 뱀처럼 구불거리며 흐르는 강이 보였다. 유럽대륙을 적시고 발칸반도까지 이어지는 강은, 다뉴브, 블타바, 도나우, 그리고 사바와 드리나로 이름을 바꾸었지만, 한줄기였다. 나의 여정은 그 강을 따라 흘렀다.

부다페스트의 연인들은 지금쯤 어디를 가고 있을까.

나는 텐트 물결 속에서 뜨겁게 키스하던 연인들을 떠올리며 눈을 감았다.

그날 우리는 신을 죽였다.

너, 이곳에 발을 들이려는 이여.

나머지 한 발만은 그곳에 두어라.

에필로그

|

지금, 여기

변호인의 메일을 확인한 건, 부코바르에서 자그레브로 돌아온 날이었다. 내가 한국을 떠나 발칸반도를 여행하는 동안 그가 보낸 메일이 차곡차곡 쌓여 있었다. 첫 메일에는 정보공개청구로 받아낸 나와 기표의 진술서와 판결문, 공소장과 당시의 관련 서류들이 시간 순서로 첨부되어 있었다.

공소장이 얼마나 허점투성이인지, 놀랍고 분노했다고 변호인은 쓰고 있었다. 더 기막힌 건, 이렇게 어처구니없는 일이 아직도 벌어지고 있다는 것입니다. 그는 메일을 끝맺을 때마다, 어렵겠지만 대한민국의 민주주의를 위해 재심을 결심해주기를 촉구했다.

내가 메일을 열어보지 않는데도, 그는 자신이 할 일을 할 뿐이라는 듯 끈질기게 메일을 보내고 있었다.

메일을 통 열어보지 않으시는군요. 전화는 해외 로밍으로

넘어가고 받지도 않으시니, 무슨 일이 생긴 건 아닌지 걱정
이 됩니다. 현기표 씨의 재심신청은 마쳤습니다. 현기표 씨
면담을 하면서 알게 되었습니다만, 현기표 씨도 처음에는
재심을 망설였나봅니다. 변이숙 씨가 재심 의사를 밝혔다
는 말에 용기를 냈다고 하더군요.
변이숙 씨에게 강요하는 것으로 들릴까봐 조심스럽습니다
만, 그래도 알려드려야 할 것 같군요. 저도 뒤늦게 알게 되
었는데, 현기표 씨가 말기암이랍니다. 곧 수술일정을 잡을
거라고, 송연주 씨가 말하더군요. 변호인으로서 마음이 조
급해집니다. 재심이 정 부담스럽다면, 증인이 되어주셔도
현기표 씨에게 큰 도움이 됩니다. 아무래도 당시 상황에 대
해 가장 신뢰할 만한 증언자이시니까요.

나는 변호인의 메일 앞에서 한동안 생각에 잠겼다. 내가
재심에 동의했다는 거짓말까지 하면서 연주가 재심을 강행하
는 이유는 뭘까? 기표의 누명을 벗겨주기 위해서? 기표가 아파
서? 대한민국의 민주주의를 위해서? 이제 와서 속죄라도 하려
는 갸륵한 마음으로? 나 때문에 용기를 냈다는 기표의 말이 아
니었다면 나는 가차없이 메일을 닫아버렸을 것이다.
나는 그들의 면죄부가 필요치 않았다. 한국의 사법체계에
나의 유무죄를 다시 물을 생각이 없었다. 어린 학생들의 영혼
까지 갈아 바쳐야 유지되는 국가가 아니던가. 그토록 허약한

체제의 국가에게 무엇을 기대한단 말인가. 나는 더 이상 그들에게 나를 맡길 생각이 없었다. 그런데 기표가 발목을 잡았다. 나는 천천히 노트북을 끌어당겨 자판에 손을 올렸다.

역시, 재심은 하지 않겠습니다.
그러나, 현기표 씨의 재심에서 증언하겠습니다.

나쟈와 연락이 안 된다며 패닉에 빠진 마르코가 내게 인터넷을 연결해보라고 한 게 바로 그때였다. 그리하여 증언대에 서겠노라는 메일은, 한국에 돌아와서야 보낼 수 있었다. 다음 날, 변호인의 답 메일이 도착했다.

이제야 메일을 보셨군요. 안타까운 소식을 전하게 되어 마음이 아픕니다만, 현기표 씨가 사망했습니다. 이런 경우를 당하면 참으로 황망하고 허탈합니다. 용서도 사과도 화해도, 당사자가 살아 있을 때 이루어지면 얼마나 좋겠습니까. 물론 재심은 유족들에 의해서 계속 진행될 것입니다. 궁금해하실까봐 말씀드리면, 현기표 씨는 간의 절반을 절제하는 대수술을 했습니다. 어려운 수술이었지만 잘 끝났고 회복 중이었는데, 예상치 못한 합병증이 나타났습니다. 마취도 채 풀리지 않은 상태에서 부정맥이 나타나 생사를 오가다가 끝내 돌아가셨습니다.

추신: 수술 전, 현기표 씨가 변이숙 씨 앞으로 남긴 편지가 있어서 보내드리겠습니다.

*

눈발이 점점 굵어졌다. 버스가 시 외곽으로 접어들자 텅 빈 논과 밭이 온통 하얬다. 상록수들은 잠깐 사이에 백발노인이 되어 무거운 한숨을 내쉬고 있었다. 몇 안 되는 승객들은 마지막 마을에서 모두 내렸다. 버스는 물살을 가르듯 눈보라를 일으키며 달렸다. 종점까지 가는 사람은 나 혼자뿐이었다.

버스는 주차장에서 유턴을 해서 오던 길로 되돌아나갔다. 대설주의보가 내린 탓에 주차장은 텅 비어 있었다.

가로수 사이로 곧게 뻗은 진입로는 발목까지 빠질 정도로 눈이 쌓여 있었다. 새 발자국 하나 없이 깨끗했다. 적막한 눈밭에 뽀드득거리는 내 발소리만 울렸다. 누군가 옆에서 같이 걷고 있는 것 같았다.

쉬지 않고 내리는 눈발이 앞을 가렸다. 머리와 어깨에 하얗게 눈을 뒤집어쓴 후에야 하얀 대리석의 추모관 건물이 보였다.

추모관 안에도 안내원 외에는 아무도 없었다. 졸고 있던 안내원이 유령이라도 본 듯 흠칫 놀랐다. 안내원에게 위치를 확인한 후 복도 중앙을 걸어가던 나는, 복도 가운데에 멈춰섰다. 마치 나무가 가지를 치듯 중앙 복도 양쪽으로 좁은 복도들이 줄지어 있었고 복도마다 안치함이 빼곡했다. 안치함은 작은 케이크 상자 크기만 했다. 안치함마다 애끓는 탄식과 비통한 신음 소리가 흘러나오는 듯했다.

기표를 만나기 전, 나는 뭔가를 생각하고 마음의 정리를 하고 싶었다. 하지만, 아무 생각도 떠오르지 않았다. 가고 싶지 않다는 생각밖에. 그렇게는 보고 싶지 않다는 생각밖에. 독일어로 쓰고 싶지 않지만 억지로 쓴다던, 마르코의 말이 떠올랐다. 가고 싶지 않지만 가야 하는 길에서, 나의 발걸음은 한없이 무거웠다. 그토록 먼 길을 돌고 돌았던 여정이 결국 이곳에 서기 위한 것이었나.

기표는 웃고 있었다. 연주와 가족들로 보이는 이들과 함께 찍은 사진들도 있었다. 마르부르크 시절, 우리는 사진 한 장 찍어본 적이 없었다. 이 얼굴이었나? 덫에 걸린 듯 그리워할 수도 미워할 수도 없이 잔인한 운명의 세월 속에 박제되어 있던 얼굴이, 이 얼굴이던가. 그의 웃는 얼굴을 좋아했다. 큰 소리를 내며 웃을 때도, 소리 없이 미소지을 때도 얼굴에서 빛이 났다. 세상 티끌 하나 묻지 않은 순결한 소년이 보였다. 그런 말을 한 적은 없었다. 내색하는 것만으로도 오염될 것 같았고, 몰래 훔쳐보며 사랑했다. 그러나 기억은 잔인해서 기표의 얼굴은 모래바람에 풍화되듯 희미하게 지워졌다. 나는 웃고 있는 기표의 얼굴을 손으로 쓸어보았다. 차가웠다.

한나야.

다시 만나 너의 이름을 불러볼 날이 오기를 얼마나 고대했는지 모른다. 도서관 서가에서 네 이름을 발견했을 때 처음엔 동명이인이려니 했다. 하지만 번역 글임에도 나는 알아차렸다. 문장에서, 행간에서 네 숨결을 느꼈거든. 한나야, 그 이름을 버리지 않아서, 정말 고맙다. 그 이름이 마치 내가 찾아주기를 기다리고 있는 것만 같았거든.

그동안 나는, 어떤 원한의 감정에 사로잡혀서 벗어나지를 못했다. 하지만 누구를 향한 원한이란 말이냐. 나를 때리고 욕보였던 수사관인가, 허위진술서를 앵무새처럼 되뇌던 검사인가. 살려달라고 호소하는 국민을 더 깊은 수렁으로 밀어버린 법관들인가. 그들은 한나 아렌트가 말했던, 아무런 의문 없이 복종할 준비가 되어 있는 기술자들일 뿐이란 말이냐. 그자들은 자기가 무슨 짓을 하는지 정녕 모른단 말인가.

국가폭력이라니, 나는 그 말도 받아들일 수 없다. 때릴 수도, 침을 뱉을 수도, 그가 가진 꿈과 사랑을 짓밟고 망가뜨릴 수도 없는 국가가 가해자란 말인가? 그렇다면 나의 원한은 어디를 향해야 한단 말이냐. 이것은 도대체 무엇을 위한, 누구의 설계란 말이냐. 결국 누구에게도 이해받을 수 없는 극단의 고독이 나를 집어삼켰다. 그게 암 덩어리가 되었겠지.

막상 재심 얘기가 나오자, 그날의 저주가 반복될 것 같은 공포가 머리통을 조여오더라. 그 잘난 법에 의해서 이미 능욕당할 만큼 능욕당했는데, 이제 와서 그것이 잘못되었다는 판결을 다시 그 법정에 가서 받으란 말인가? 그때의 법정과 지금의 법정은 다른가?

하지만 네가 함께하기로 했다는 말에, 나도 용기를 냈다. 희망이란 말, 진작 폐기된 말이지만 다시 한번 조심스럽게 말해본다. 지난 삶에 대한 보상? 그런 건 가능하지도 않고 바라지도 않아. 다만 한 가지, 너에 대한 죄책감만이라도 씻을 수 있다면 좋겠다. 한나, 너의 이름을 발설한 건 전적으로 나의 부주의 탓이었어. 무심코 흘린 실수가 그로록 엄청난 후폭풍을 몰고 올 줄 상상도 하지 못했다.

재심이 받아들여지면 너를 만날 수도 있겠지? 사실, 내겐 그날이 더 기다려진다. 미안하다는 말은, 그때를 위해서 아껴두려고 해. 그때까지 빨리 건강해지도록 노력할게. 너도 아프지 말아.

길지 않은 기표의 편지를 나는 한번에 읽지 못했다. 나는 마치 취조실에서 그랬듯 행간에서 그의 체취를 찾았다. 편지 속 기표의 말은, 놀랍게도 나의 생각과 같았다. 그러나 그게 기쁘지는 않았다. 그건 예전의 기표가 아니었다. 모진 고난이 그를 단단하게 만들었다고 말하고 싶지 않았다. 억지로 가지를 이리저리 잡아당겨놓은 기괴한 조형수처럼, 보기 싫었다. 그러나 기표가 나를 봤다면, 뭐라고 했을까. 나는 그날로부터 얼마나 멀어졌을까.

더 이상은 갈 곳이 없었다. 여기, 기표 앞에서, 그런 생각이 들었다. 이제 달리 어찌할 도리가 없었다.

나는 기표의 안치함 앞에 선 채, 코트 주머니에서 휴대폰을 꺼냈다. 그리고 변호인에게 문자를 보냈다.

재심, 신청하겠습니다.

—변이숙 드림

*

갑자기 기체가 크게 흔들렸다. 알람 소리와 동시에 시트벨트 사인에 붉은 등이 들어왔다. 미지근하던 기내 공기가 돌연 출렁거렸다. 발밑이 쑥 빠지는 듯, 속이 울렁거렸다. 내 속에서 뭔가가 툭, 끊어지는 것 같았다. 허방은 하늘에도 있었다. 난기류를 만나 비행이 고르지 못하니, 좌석벨트를 메고 자리에서 움직이지 말아달라는 기장의 멘트가 흘러나왔다. 좌석 등받이 위로 허리를 꼿꼿이 세운 승객들 머리가 가지런했다.

창문은 우유를 흘린 듯 부옇게 흐렸다. 해무가 짙었다. 엄마의 유해를 뿌리러 바다에 나갔던 날도 그랬다. 나는 해무에

간힌 채 밤이 깊도록 앉아 있었다. 해무를 헤치고, 엄마가 물비늘을 반짝이며 올라올 것만 같았다.

내가 독일로 유학을 떠나겠다고 했을 때, 엄마는 말없이 나를 쳐다보더니 부엌으로 나갔다. 한참 만에 방으로 들어온 엄마는 비닐봉지를 내 앞으로 밀었다. 비닐 안에 신문지로 몇 번을 싸고 또 싼 것은, 돈이었다. 아버지도 오빠도 없이 홀로 남은 엄마에게 어떻게 말을 꺼내야 좋을지 몰라 고민하던 내가 오히려 당황했다.

"옛말 그른 거 하나 없구나. 천덕꾸러기가 산을 지킨다더니……, 결국은 니가 큰 공부를 하는구나. 엄마는 배우지 못해서, 말을 못하고 살았다. 억울하고 분해도 어디 가서 누구한테 따져야 되는지도 모르고 살았다. 아버지가 죽었다는데, 어디에서 어떻게 왜 죽었는지도 몰랐다. 도대체 누가 우리 아버지 사망신고를 한 건지, 그것조차 몰랐다. 그게 평생 부끄러웠다."

나는 늘 허기가 졌다. 엄마가 허깨비만 같았다. 엄마를 안으면 가슴에 바람구멍이 난 듯 시렸다. 엄마는 바다에 속한 사람처럼 보였다. 물속에 들어간 엄마가 영 나오지 않을까, 가슴 졸인 날은 얼마였던가. 엄마의 정이 그리운 딱 그만큼 엄마가 멀게만 느껴졌다. 정말 중요한 건 물속에 두고 온 사람 같았다.

엄마가 속 깊은 말을 꺼낸 건 그날이 처음이었다. 뭔가 크게 어긋난 느낌을 떨칠 수 없었다. 나는 돌아오지 않을지도 모른다는 말을 차마 하지 못했다.

엄마는 도리어 내게 용서해달라고 했다. 다 늦은 나이에 너를 가진 걸 알고 딱, 죽고만 싶었다. 지옥 같은 세상에 생명 하나 더 보태는 게 천벌 받을 일 같았다. 엄마는 나를 떼려고 안 해본 짓이 없었다고 했다.

"그런데 정말 무섭더라. 갓 태어난 너의 새까만 눈동자가 엄마가 한 짓을 다 알고 있는 것 같더라. 그 눈을 보고 있으면 빨려들어갈 것처럼 어지럽더라. 나를 용서해라."

비행기가 해무를 빠져나왔는지, 파란 하늘이 눈에 들어왔다.

나는 등받이에 머리를 기대며 눈을 감았다. 감은 눈에서 눈물이 흘렀다.

기표를 만나고 온 후였다. 나는 뭔지 모를 불안과 초조에 휩싸여 어쩔 줄 모르고 있었다. 가슴이 두근거리고, 아무 일도 손에 잡히지 않았다. 기표의 죽음과 재심 문제 때문에 신경이 예민해진 탓이라고 생각했다. 다 거짓이었다 나를 속이려는 얄팍한 수작이었다. 그건 엄마 때문이었다.

나의 울분에 눈이 멀어, 엄마의 유언을 오독한 회한이 나를 덮쳤다. 할 수만 있다면 온 바다의 밑바닥을 다 훑어서라도 엄마의 유해를 온전히 돌려놓고 싶었다.

내가 태어난 곳은 아니지만, 납덩이처럼 가슴을 짓누르는 곳. 가고 싶지 않지만 가야 하는 곳. 아무리 에둘러 도망을 가도 결국 갈 수밖에 없는 길. 더 이상은 외면할 수 없는 막다른 곳에 다다랐다는 걸, 나는 받아들였다.

비행기가 한쪽으로 기울며 선회했다. 파랗게 넘실거리는 바다가 창을 메웠다. 바다가 닿는 곳에 섬이 있었다. 하얗게 갈기를 세운 파도가 섬을 향해 달려가고 있었다. 바람도, 바람도, 그런 바람이 있을까. 제주에서 태어나서 살았으면서도 아무리 해도 익숙해지지 않는 게 바람이야. 섬이 통째로 어디로 떠내려가는 것 같아. 실제로 멀미가 난단 말이다. 칼바람이 불어대면 세상 원귀들이 일제히 머리 풀어헤치고 우는 것만 같아. 바람이 얼마나 매운지 내가 입은 옷이 펄럭이는 것도 면도날로 그어대는 것처럼 아파. 강풍이 불어 물질을 하지 못하는 날에도 엄마는 휘적휘적 바다로 나갔다. 바람 소리에 몸서리를 치면서도 마치 누군가를 마중이라도 나가는 사람처럼 홀린 표정이었다.

창 너머 섬의 실루엣은 완만하고 부드러웠다. 바다에서 솟았다기보다 넓은 치마를 사뿐히 펼치며 내려앉은 형상이었다. 겨울의 정점을 지나는 날씨에도 섬은 초록빛을 머금고 있었다.

부드러운 초록빛에서 따스한 기운이 느껴졌다. 해초는 돌보지 않아도 쉼 없이 자라고, 끊임없이 흔들어대는 물결을 오히려 자양분 삼아 더욱 단단히 뿌리내리지 않던가. 거친 바다에서 섬도 그렇게 자신을 지켜온 것이다. 내가 모진 시간을 버틸 수 있었던 것도 저 섬이 내 안에 닻을 굳건히 내리고 있었기 때문은 아니었을까. 저 섬의 모진 시련이, 오히려 나를 단련시킨 건 아니었을까. 비행기가 굉음을 내며 하강하기 시작했다.

곧 제주공항에 도착한다는 멘트가 울려퍼졌다.

작가의 말

이름의 숲이었다. 이토록 많은 이름이라니, 이토록 무차별적인 이름들이라니, 나이와 남녀를 불문하고 학살이라는 이름 아래 묶여있는 이토록 참혹한 이름들이라니. 이토록 무서운 이름이라니.

한, 두 해, 세상 빛 잠깐 보고 어둠으로 돌아간 어린 영혼들도 있었다. 엄마 뱃속에서 미처 나오지도 못한 채 스러져간 영혼들은 또 얼마나 될 것인가. 여섯 살, 일곱 살 나이에 '○○○의 子'로, 이름조차 없는 이 아이들은 그들의 이름을 불러줄 이들이 먼저 간 탓이리라. 기억해줄 이조차 없는 탓이리라.

제주4·3평화공원 각명비 앞에서, 나는 말문이 막힌 채 한참을 서 있었다.

나는 발칸에서 제주를 보았고, 제주에서 다시 발칸을 보고 있었다. 발칸에서 나는 살아서 지옥을 배회하고 있는 것만 같왔다. 단테의 지옥 여행이 그러했을 것이다. 그러나 지옥이든 천국이든, 그것은 저 하늘나라가 아닌 이승에 이미 구축되어 있지 않던가. 내가 정말 무서웠던 건, 그토록 참혹한 비극이 도무지 낯설지가 않다는 것 때문이었다. 아직도 여전히, 너무도 태연자약하게 세계 곳곳에서 현재진행형으로 반복되고 있다는 것 때문이었다.

발 닿는 곳마다 추모비가 마치 이정표처럼 세워져 있었다. 고통과 비탄의 신음으로 가득 찬 슬픔의 도시들을 떠돌며 나는 깨달았다. 내가 발 딛고 선 곳이, 바로 그 이름들 위라는 걸. 내가 살아 누리고 있는 것들이 그 목숨에 빚지고 있다는 걸. 예수는 십자가에 못 박히며 "저들은 자신들이 무슨 짓을 하는지 모르나이다"라고 했다지만, 정말 그럴까? 삶을 이토록 슬프게 만들 때 신은 도대체 뭘 하고 있었을까.*

사실, 당시의 제주는 그 어느 곳보다 각성된 곳이었다. 남한에 단독정부가 수립되면 남북 분단은 돌이킬 수 없을 것이며, 불의한 세력들의 비루한 욕망은 분단조차 불사한다는 걸 제주 민중들은 꿰뚫고 있었다. 그들은 그것이 두려웠던 것이다. 이토록 무차별적인 학살은 그 공포의 크기를 보여주는 것이었다.

* 잭 케루악,《길 위에서》중에서.

어둑한 원형 건축물 안으로 들어서자 천창에서 햇살이 쏟아졌다. 잠깐 눈앞이 보이지 않았다. 빛에 적응하면서 서서히 드러난 것은 하얀 대리석이었다. 아무것도 새겨지지 않은 대리석이 길게 누워있었다. 압도적인 비극 앞에 제대로 된 이름조차 부여받지 못한 채 누워있는, 백비였다. 백비 앞 안내판에는 이렇게 쓰여 있었다.

언젠가 이 비에 제주4·3의 이름을 새기고 일으켜 세우리라.

백비는 언제까지 이러고 있어야 하냐고, 슬퍼하고만 있을 거냐고 묻고 있었다.
나는 햇살 쏟아지는 천창 너머 하늘을 올려다보았다.

지금이 아니면, 언제?*

머리 위로 쏟아지던 햇살을 기억하며, 나는 어두운 통로를 걸어 나갔다.

* 프리모 레비의 책 제목.

부족하나마, 제주4·3에 값하는 작품이라고 호명해준 심사위원 선생님들과 제주4·3평화재단, 그리고 제주도민 여러분께 머리 숙여 감사드립니다.

특별히 올해는 70여 년 전, 불법적인 군사 법정에서 억울한 누명을 쓴 분들에 대해 무죄판결이 내려져 더욱 뜻깊습니다. 부디 제주4·3이 정명을 얻고 백비를 바로 세우는 날이 하루빨리 오기를 간절히 기원합니다.

*

나를 발칸으로 이끌어준 크로아티아의 소설가 Marinko Koščec, 레지던스 〈ZVONE i NARI〉의 Natalija와 Ognjen 부부에게 각별히 고마운 마음을 전하고 싶다. 노파심이지만, Marinko Koščec는 소설 속 마르코의 개인사와 전혀 무관함을 밝힌다. 토지문화관에서 《밤이여 오라》의 초안을 잡았고, 연희 문학창작촌에서 마무리지었다. 작품에 집중할 수 있는 환경을 마련해준 모든 분들께 감사드린다.

제9회 제주4·3평화문학상 수상작
밤이여 오라

1판 1쇄 발행 2021년 11월 29일
1판 2쇄 발행 2021년 12월 27일

지은이 · 이성아
펴낸이 · 주연선

(주)은행나무
04035 서울특별시 마포구 양화로11길 54
전화 · 02)3143-0651~3 | 팩스 · 02)3143-0654
신고번호 · 제 1997—000168호(1997. 12. 12)
www.ehbook.co.kr
ehbook@ehbook.co.kr

ISBN 979-11-6737-105-8 (03810)

• 이 도서는 2019년 한국문화예술위원회 아르코문학창작기금지원사업에
선정되어 발간되었습니다.